名家小史

【图文版】

中国词史略

胡云翼 著

山东画报出版社

图书在版编目(CIP)数据

中国词史略/胡云翼著.—济南:山东画报出版社,2018.5
(名家小史丛书)
ISBN 978-7-5474-2707-1

Ⅰ.①中… Ⅱ.①胡… Ⅲ.①词(文学)-词曲史-中国 Ⅳ.①I207.23

中国版本图书馆CIP数据核字(2018)第077786号

中国词史略
胡云翼 著

责任编辑 李军宏
装帧设计 李 娜

出 版 人	李文波
主管部门	山东出版传媒股份有限公司
出版发行	山东画报出版社
社　　址	济南市英雄山路189号B座　邮编　250002
电　　话	总编室(0531)82098472
	市场部(0531)82098479　82098476(传真)
网　　址	http://www.hbcbs.com.cn
电子信箱	hbcb@sdpress.com.cn
印　　刷	山东润声印务有限公司
规　　格	210毫米×145毫米
	7.5印张　39幅图　74千字
版　　次	2019年2月第1版
印　　次	2021年5月第2次印刷
印　　数	1—6000册
书　　号	ISBN 978-7-5474-2707-1
定　　价	29.80元

如有印装质量问题,请与出版社总编室联系更换。
建议图书分类:文学史

名家撰小史 神笔写春秋

百余年前,国运衰微,列强环伺,中华民族到了生死存亡的关头。在这种情势下,从"闭关锁国"到"睁眼看世界",许多有识之士怀抱"借西方文明之学术以改良东方之文化,必可使此老大帝国,一变而为少年新中国"(容闳语)的理想,开始正视西学,有意识且积极全面地向西方学习,将之视为可与"中学"对等的学术思想,探讨二者之优点并有机结合以帮助国家富强。

随着新式学堂的创办,留学教育的方兴未艾,"西学东渐"的客观态势业已形成,西方学术思想在中国这块古老的东方大地上得到广泛传播,同时推动了各个学科领域的蓬勃发展。尤其是以新文化运动为起点的,以宣传民主和科学为核心的思想潮流蓬勃兴起,先进的知识分子在这场运动中,受到了新思想的洗礼。思想长期被禁锢的国人得到彻底解放,思想观念得到更新。中国进入一个崭新的时代——思想学术的新时代。在这场划时代的思想变革中,涌现了一批声名遐迩、学贯中西的大师级的学者。这些学者以全新的理论工具和严谨治学的态度,对传统文化加以梳理和重新阐释,为现代学术奠定了基础,取得了令人瞩目的成就。

"温故而知新,述往事而思来者。"我们出版这套丛书的意义和指归,正在于此。重印昔贤经典,接续学术传统,亦是今日出版人义不容辞的责任。缘此,我们从浩瀚如烟的民国学术经典中遴选100部篇幅较小、雅俗共赏的史学名篇,取名《名家小史》,以丛书形式出版。这套丛书有一个共同之点,即作者都是世人所敬仰的学者,而各书均是写给普通读者的普及性读物。运笔举重若轻、文字洗练易懂,虽经岁月洗礼和时代考验,至今仍是声名远播、影响至深;是后人传承治学传统、接近经典的桥梁。

这套系列丛书,包含了哲学、伦理学、社会学、历史学、文字学(包括训诂学)、自然科学等多方面学科的发展史。这些著作,在让年轻一代读者享受备受尊敬的人文学术大师的文化成果的同时,也能感知中华民族五千年不屈不挠的精神和璀璨的文化内涵,增强民族文化、民族精神的自豪感、荣誉感、归属感和凝聚力。我们每一个中国人,都应该为自己生在中国倍感自豪,因为我们有着几千年的灿烂历史,我们的先人为我们创造了令人骄傲、无与伦比的文明篇章。

唐太宗李世民曾说:"以铜为镜,可以整衣冠;以史为镜,可以知兴替;以人为镜,可以明得失。"对于一个国家来说,历史是经验、教训,是过去的沉淀,是未来的导向;对于我们每一个人来说,历史是最好的老师。通过学习各种历史,不仅可以从中领悟到许多人生哲理,扩大知识面,增长见识,丰富头脑,亦可培养实事求是的态度,提高综合能力和综合素质。总之，学习历史可以让我们每一个人都终身受益，这一点是毋庸置疑的。

我们编辑出版这套《名家小史》，均采用民国时期的初版为底本，并进行了精心校订。校订时遵循以下几点原则：

1.将原书的繁体竖排，改为当今通行的简体横排；并对标点符号按现代汉语使用规范做了处理。

2.为了尊重作者及原著，对作者自有文风与习惯性行文遣词、概念术语，以及地名、译名等未做修改，皆仍其旧。

3.对原书中个别涉及原则性的文字，进行技术处理；同时对原书中一些因排印造成的讹误做了订正；如"日""曰"，"己""已""巳"等。

限于学力和经验，编校过程中难免存在错讹疏漏之处，敬请广大方家、读者斧正！

《名家小史》丛书编辑委员会

目录 Contents

001　第一章　词的起源
013　第二章　晚唐五代词
029　第三章　宋词（上）
101　第四章　宋词（下）
195　第五章　金元明词
213　第六章　清　词

第一章
词的起源

词的体制，是到唐代才确立，才完成。有许多古人把词的起源说得很悠远，那都是荒谬不可靠的。如汪森的《词综序》上说：

> 自有诗而长短句即寓焉。《南风》之操，《五子》之歌，是已。《周颂》三十一篇，长短句居十八；汉《郊祀歌》十九篇，长短句居其五；至《短箫铙歌》十八篇，篇皆长短句。谁谓非词之源乎？

这种说法的错误，是认定长短句即是词。因此许多古人都从诗里去找长短句，只要是不整齐的诗便说是词的滥觞，于是一个一个把词的起源说得远，结果便说到"自有诗而长短句即寓焉"去了，这意思便显然是"诗的起源即词的起源"。本来，诗词原是一体，义界难分；说诗词同源，也未尝不可。不过我们在这里讲词的起源，是要追寻一条词的发生的线索脉络出来，不是只要讲个寡头的起源说。如果说词起源于先秦时代,而事实上词的进展又晚在五代、两宋,中间竟孤绝了一千多年毫无词的消息,这如何讲得通?

徐釚在他的《词苑丛谈》上说得较汪森的话近于事实一点,他说:"填词原本乐府。《菩萨蛮》以前,追而溯之,梁武帝《江南弄》,沈约《六忆诗》,皆词之祖,前人言之详矣。"不错,许多古人都认定这两篇诗为词之祖,今录于下:

江 南 弄

众花杂色满上林,舒芳耀绿垂轻阴,连手蹩躞舞春心。舞春心,临岁腴,中人望,独踟蹰。

六 忆 诗 其一

忆眠时,人眠独未眠。解罗不待劝,就枕更须牵,复恐旁人见,娇羞在烛前。

像这种形式的长短句,我以为决不是梁武帝与沈约首创的,在六朝的诗人中至少可选出一大本这样的作品出来。毛奇龄便曾举出鲍照的《梅花落》,陶弘景的《寒夜怨》,徐勉的《迎客送客》,王筠的《楚妃吟》,简文帝的《春情》等,说是古词。其实这种例子是举不胜举的,而且越举便越远,又不免要说到《诗经》以前唐虞时代的歌谣去了。那是全无意义的。我们试问:六朝的这种长短句与晚唐五代的词有什么联络的渊源关系呢?其间如何转变的呢?这问题不能回答,便不能够只在形式上拿诗之近于词者来冒充词的祖宗了。

沈　约

　　沈约（441—513），字休文，吴兴武康（今浙江湖州）人，南朝史学家、文学家。出身于门阀士族家庭，其笃志好学，博通群籍，擅长诗文。历仕宋、齐、梁三朝。著有《晋书》《宋书》《齐纪》《高祖纪》等。

　　还有许多人认定词起源于李白，因为他曾经创作过下列两首词：

菩萨蛮

　　平林漠漠烟如织，寒山一带伤心碧。暝色入高楼，有人楼上愁。　　玉阶空伫立，宿鸟归飞急。何处是归程？长亭更短亭。

忆秦娥

　　箫声咽，秦娥梦断秦楼月。秦楼月，年年柳色，灞陵伤别。　　乐游原上清秋节，咸阳古道音尘绝。音尘绝，西风残照，汉家陵阙。

《菩萨蛮》（李白）
——从明刊本《诗馀画谱》

南宋词人黄昇编《花庵词选》,首先录此二词,谓为"百代词曲之祖"。郑樵在其《通志》中亦有此说。然据我们考证,则此二词决非李白之作,证据甚多:第一,苏鹗《杜阳杂编》说:"大中初,女蛮国贡双龙犀,明霞锦。其国人危髻金冠,璎珞被体,故谓之菩萨蛮。当时倡优遂制《菩萨蛮》曲,文士亦往往效其词。"《南郭新书》亦有同样的记载。是则李白之世,尚无此题,何得预填其篇呢?第二,后蜀赵崇祚编《花间集》,遍录晚唐诸家词,而不及李白。第三,郭茂倩的《乐府诗集》遍录李白的乐府歌辞,并收中唐的《调笑》《忆江南》诸词,而独不收《菩萨蛮》及《忆秦娥》词。由这些很强的证据,即可知黄昇记录不翔实。

实在说,当盛唐时代,不但李白未曾做过词,其他的文人,诗人都没有作词的。他们只有整齐的五七言歌辞,没有长短句歌辞。如李白的《清平调》,完全是七言绝句;王昌龄、高适、王之涣的诗,为伶人妓女所争唱,也是五七言绝句;王维的诗也为梨园所盛唱,而所作歌辞"红豆生南国"和"秋风明月共相思"二章,一系五言,一系七言。他如杜甫、孟浩然辈,则未尝著

张志和
——从清道光十年(1830)刊本《古圣贤像传略》

名于乐部教坊，绝少歌辞。直到中唐时代，才渐渐有长短句的歌辞出现。

首先我们要讲的，是一位不甚著名的作者张志和。据我们所知，他实是中唐时代最早的长短句歌辞作者之一。字子同，金华人。肃宗时，待诏翰林，坐贬不复仕，扁舟江湖，自称烟波钓徒，又号玄真子。所传仅《渔父》词一首：

西塞山前白鹭飞，桃花流水鳜鱼肥。青箬笠，绿蓑衣，斜风细雨不须归。

在中唐的诗人中，作长短句歌辞的更多了。如韩愈、王建、韦应物、白居易、刘禹锡诸人均有制作。韩愈的歌辞传《章台柳》一首，乃寄其妾柳氏者：

章台柳，章台柳，昔日青青今在否？纵使长条似旧垂，也应攀折他人手！

王建传《调笑令》，其辞云：

团扇，团扇，美人病来遮面。玉颜憔悴三年，谁复商量管弦！弦管，弦管，春草昭阳路断。

韦应物的歌辞亦不多见，惟《三台令》与《转应曲》流传，其《转应曲》辞云：

《渔父》（张志和）
——从明刊本《诗馀画谱》

> 河汉,河汉,晓挂秋城漫漫。愁人起望相思,塞北江南别离。离别,离别,河汉虽同路绝。

白居易的歌辞则流传较多,形式是长短句的,有《忆江南》《如梦令》《长相思》《花非花》《一七令》等调。但这些作品都不载于白氏《长庆集》,我们只好存疑。只《忆江南》可以确定为白氏之作,其辞如下:

> 江南好,风景旧曾谙:日出江花红胜火,春来江水绿如蓝。能不忆江南?

白居易
——从清乾隆八年(1743)刊本《晚笑堂竹庄画传》

白氏此作,传唱当时。刘禹锡曾依这首辞的曲拍,填过一首:

> 春去也,多谢洛城人。弱柳从风疑举袂,丛兰裛露似沾巾,独坐亦含嚬。

据《草堂笺》所载,刘禹锡尚有《斑竹枝》,《古今词话》载戴叔伦有《转应曲》,《太平广记》载柳氏有《杨柳枝》等。如此可见中唐时代的长短句歌辞已经相当的流行了。

　　这种长短句的歌辞，在当时确是一种新乐府，有了许多名诗人来撰作这种新乐府辞，倡导成一种新的风气，词体便确立了，词的趋势便造成了。后来便造成晚唐五代词的发展。

　　说到这里，我们不免要问：在盛唐时代，歌辞还都是整齐的五七言，何以到了中唐便忽然产生许多长短句的歌辞出来呢？要答复这个问题，我以为决不能拿诗歌的关系来解释，而必须拿音乐的关系来解释。如果要说得明白一点，话就不能不从远一点的地方说起来。

　　中国最初的诗歌就和音乐结合了密切的关系。先秦时代的诗，今所传者以三百篇为最古。我们从《左传》"季札论乐"和《史记·孔子世家》"凡诗皆可入乐"之说，便知道先秦时代的"诗"与"乐"，原是不分离的。自屈原作《九歌》诸篇"侑乐"，又作《九章》诸篇"抒情"，则只有前者包括"乐"的意义，而后者乃仅仅是"抒情"的诗，不复能"侑乐"了。追汉武帝创立乐府，以李延年为协律都尉，后来遂以乐府所采之诗，可被之声歌者，别叫做乐府，于是诗与乐的关系便分离了。自此诗歌自走诗歌的路，乐府自走乐府的路了。诗歌因为文学的意义居多，故在文人方面的制作特别发展；乐府因为音乐的意味深长，故民间流传的作品最多。二者是平行地发展的。但到隋唐时代，所谓古乐府者散佚了甚多。据《唐书·音乐志》说："江左宋梁之间，南朝文物，号称最盛。人谣国俗，亦世有新声。后魏孝文宣武，用师淮汉，收其所获南音，谓之清商乐。隋平陈，因置清商署。遭梁陈亡乱，所存盖鲜。隋室以来，日益沦缺。武太后之时，犹有六十三曲，今其辞存者中略，惟四十四曲存焉。"这四十四曲里面，唐初所存，有声有词者凡三十七曲，有声无词者亦有七曲。王灼《碧鸡漫志》云："隋氏取汉以来乐器、歌章、古调，并入清乐，余波至李唐始绝。唐中叶虽有古乐府，而播在声律则鲜矣。"可见唐人所拟古乐府，但借题抒意。这时古乐府盖已跟着乐之亡而成为过去，唐代又有一种新的乐府起来了。唐人的新乐府便是当时的五七言新体诗。这是在前面说过的。但是，我们知道五七言新体诗的字句是很整齐的，音乐的曲拍却不一定如此整齐。所以拿乐调来合诗，音调里面不免有许多无字的虚声。这种虚声，词曲家叫做"泛声""和声"或"散声"。他们以为将这种泛声填以实字，变成长短句，便成功词。如朱熹说：

> 古乐府只是诗，中间却添许多泛声。后人怕失了那泛声，逐一声添个实字，遂成长短句。今曲子便是。《朱子语类》

朱熹的这种说法，权威很大，向来的词话家都跟着他这种见解跑。可是，他这种说法并不十分正确。因为"泛声"不但歌诗的音调里有，就是歌词的音调里面也是有的。我们只要看晚唐五代的词，往往一个腔调有很多字句不同的词。单是《河传》一调，便有十七八体之多。《花间集》所录，均为晚唐五代的词，里面却很多调同体异；既然同是一个乐调，可以有很多的字句不相同的词，则这个乐调的伸缩性一定很强；既然乐调的伸缩性很强，则词调里面一定会有"泛声""和声"或"散声"来调节字句的。既然词调里面也有泛声，则朱熹的所谓泛声填以实字便成词的说法，不攻自破了。

往下且提出我们修正的答案：

在中唐以前，文人自文人，乐工自乐工。文人自作他的诗，乐工自作他的歌辞。文人的诗是给人诵读的，所以他们写成整齐的五七言诗；乐工的歌辞是要合音乐唱的，所以他们依曲拍填成长短句的歌辞。但是乐工不是文人，他们的歌辞往往做得俚俗不雅，所以常常拿着文人现成的诗，去合着乐来唱，以抬高乐的价值；文人方面也乐得把自己的诗给乐人去唱，以广布自己的文名。二者相互为利，相互为用，关系便发生出来了。我们看盛唐的诗人，多以自己的诗给伶人妓女歌唱为荣。到了中唐，则乐工们竟以贿赂来求诗人的新作了。那些著名的诗人，如李贺、李益、韦应物、刘禹锡、白居易、元稹的诗，都给伶人妓女们去唱了。文人与乐工关系乃更密切。于是文人一方面自己写诗给他们去唱，一方面也会高兴地去依着乐调的曲拍来试填长短句的歌辞。白居易偶然戏填了一首《忆江南》，刘禹锡便跟着填起来了；韦应物偶然填了一首《转应曲》，戴叔伦便跟着填起来了。三四个文人尝试了，十几个文人便跟着来尝试了，便成为新时髦了，后世无数的文人便都趋向到这一条路来了。我们看看后来词的发达，以为词的起来必经过有意识的提倡，那知大谬不然。考究起来，才知道原不过是一两个文人偶然发了兴，依着曲拍戏填了几首长短句的歌辞，恰好那时许多文人都作整齐的诗作厌了，看着这样新鲜的玩意儿，都觉得可爱，便争着去做，于是长短句的歌辞便自然而然的风行起来了，因以造成几百年的词的发达。

词的起来是如此的。

第二章
晚唐五代词

陆游《花间集跋》上说：

> 诗至晚唐五季，气格卑陋，千人一律。而长短句独精巧高丽，后世莫及。

何以诗至晚唐五代便"气格卑陋"？何以词至晚唐五代便"精巧高丽"？这原因是很明显的：诗歌发展至唐末，已经有一千多年的历史，古诗与近体诗的发展，都已登峰造极，无以复加了。这恰如王国维氏所说："盖文体通行既久，染指遂多，自成习套。虽豪杰之士，亦难于其中自出新意，故遁而作他体，以自解脱。一切文体所以始盛而终衰者，皆由于此。"《人间词话》。诗体就是因为通行太久，用旧了，变尽了，所以只有产生"千篇一律"的作品。词在此时，还是新体，比如一所荒芜尚未开辟的园地，用得着词人的智慧机巧，去尽量的开辟创造，所以写出来容易"精巧高丽"。晚唐五代词之所以高贵，也正因为这是"创造的时期"。

往下我们把晚唐五代词分别来叙述。

一　晚唐词

在前面说过，中唐时代已有许多诗人戏填小词。但是他们填词，还只是作为偶尔的游戏，并不专心致志于词。到了晚唐，填词的风气日益浓厚，乃产生了词的专家。

温庭筠是词史上第一个词人，他的时代迟白居易、刘禹锡不到四十年。其在词坛里面所创造的成绩是很可惊异的。

庭筠，字飞卿，太原人。大中初，应进士，不第。后为方城尉。生平颇不得意。为人放浪不羁，喜纵酒狎妓。《旧唐书》称其"士行尘杂，不修边幅，能逐管弦之音，为侧艳之词"。他的诗与词均负时望。与李义山、段成式齐名，时人号为"三十六体"。实则他的诗远不如李义山，词则独胜。著有《握兰》《金荃》等集，皆不传。今其词散见于《花间》等集。

庭筠的词，善于抒写绮艳之情，例如：

温庭筠
——从清乾隆八年（1743）刊本
《晚笑堂竹庄画传》

南 歌 子

手里金鹦鹉，胸前绣凤凰。偷眼暗形相：不如从嫁与，作鸳鸯。

又

转眄如波眼，娉婷似柳腰，花里暗相招。忆君肠欲断，恨春宵！

又

似带如丝柳，团酥握雪花。帘卷玉钩斜，九衢尘欲暮，逐香车。

刘融斋称庭筠的词"精艳绝人"，这批评自是不错的。但我们须知他的词也不尽是属于侧艳一方面，他写哀感之情也很能动人，例如：

忆 江 南

梳洗罢，独倚望江楼。过尽千帆皆不是，斜晖脉脉水悠悠，肠断白蘋洲！

酒 泉 子

花映柳条，闲向绿萍池上，凭栏干，窥细浪。雨萧萧。近来音信两疏索，洞房空寂寞。掩银屏，垂翠箔，度春宵。

温庭筠是词坛的开山大师，他最努力于词的创造。同时的诗人如李义山、杜牧等，都不曾注意这个新体，只有温庭筠独具慧心，向这方面尽其心力，结果乃造成了比李义山、杜牧的诗还要伟大的贡献。黄昇称庭筠："词极流丽，宜为《花间集》之冠。"不错，在晚唐五代，温庭筠真不能不说是先进的领袖词人呢。

温氏以外，晚唐从事于词的作者并不多，值得举例的有司空图、皇甫松、韩偓、张曙诸人。

司空图，字表圣，泗州人。咸通中进士，官礼部员外郎，迁郎中。晚居中条山。自号耐辱居士。其词如《酒泉子》：

买得杏花，十载归来方始坼。假山西畔药桥东，满枝红。　旋开旋落旋成空，白发多情人更惜，黄昏把酒祝东风，且从容。

皇甫松，字子奇，皇甫湜之子。《花间集》传其词十一首，有《天仙子》《浪淘沙》《杨柳枝》《摘得新》《梦江南》《采莲子》等调。今举其《梦江南》即《忆江南》。一首为例：

兰烬落，屏上暗红蕉。闲梦江南梅熟日，夜船吹笛雨潇潇。人语驿边桥。

韩偓，字致尧，万年人。龙纪元年进士，累官至兵部侍郎。自号玉山樵人。著《香奁集》甚有名。词如《生查子》：

侍女动妆奁，故故惊人睡。那知本未眠，背面偷垂泪。　　懒卸凤凰钗，羞入鸳鸯被。时复见残灯，和泪坠烟穗。

张曙，小字阿灰，张祎之侄，成都人。龙纪元年进士。词如《浣溪纱》：

　　枕障薰炉隔绣帷，二年终日两相思，杏花明月始应知。　　天上人间何处去？旧欢新梦觉来时，黄昏微雨画帘垂。

这几位作者传词虽不多，却都是写得很好的。到了五代，词的风气益开展了。

二　西蜀词

五代在政治上是黑暗的时代，在文学上却是光明的时代。我们所说五代的文学，当然是以词为主干，词以外是不值得称述的。五代词的发展，可分为两个时期，前期是西蜀词的时期，后期是南唐词的时期。这一方面是由于这两个地方在五代是比较安静的地方；一方面也因为这两国的君主，都喜欢词，都奖励词人，因此词乃得到充分的发展。

现在先讲西蜀词。

西蜀的第一个词人,无疑的是韦庄。他的词不仅在五代堪称大家,即在全部词史上也是极矜贵的一个。

庄字端己,杜陵人。唐乾宁元年进士,授校书郎。入蜀,王建辟掌书记。后建称帝,用为散骑常侍判中书门下事,累官至宰相。他的为人是深于情而风流自许的,故所作亦多吟咏爱的悲欢。其词如:

菩萨蛮

劝君今夜须沉醉,尊前莫话明朝事。珍重主人心,酒深情亦深。　　须愁春漏短,莫诉金杯满。遇酒且呵呵,人生能几何?

思帝乡

春日游,杏花吹满头。陌上谁家年少足风流?　　妾拟将身嫁与,一生休。纵被无情弃,不能羞。

女冠子

四月十七,正是去年今日,别君时,忍泪佯低面,含羞半敛眉。　　不知魂已断,空有梦相随。除却天边月,没人知。

又

昨夜夜半,枕上分明梦见,语多时。依旧桃花面,频低柳叶眉。　　半羞还半喜,欲去又依依。觉来知是梦,不胜悲!

相传韦庄有宠姬,姿质艳丽,能词翰,为王建所夺。这两首《女冠子》是他追念之作,读来令人生凄怨之感。他还有《荷叶杯》《小重山》等词,也是写这件悲剧,都很动人。

后人论韦庄,往往以温韦并称。实则颇不相同。韦庄的词没有温词那么浓艳,描写较为质朴直致,而表现较为深刻。有人说温词如浓妆的女人,韦词如淡妆的女人,这比喻是不错的。

与韦庄约略同时的西蜀词人,有牛峤、牛希济、顾敻、李珣、毛熙震、鹿虔扆诸家。

牛峤,字松卿,一字延峰,陇西人。唐乾符五年进士。历官拾遗,补尚书郎。王建称帝,官至给事中。其诗很有名。词仅见《花间集》,凡三十一首,例如《江城子》:

鵁鶄飞起郡城东,碧江空,半滩风,越王宫殿,蘋叶藕花中。帘卷水楼鱼浪起,千片雪,雨蒙蒙。

牛希济乃峤兄之子,事蜀为御史中丞。降于后唐,明宗拜为雍州节度副使。素以诗词擅名。《花间集》传其词十一首,例如《生查子》:

春山烟欲收,天澹稀星小。残月脸边明,别泪临清

《花间集》书影

晓。　语已多，情未了，回首犹重道：记得绿罗裙，处处怜芳草。

顾夐字里不详，前蜀时为刺史，后蜀官至大尉。《花间集》传其词五十五首。他的词也喜欢写闺情，有些写得很好的，例如《诉衷情》：

永夜抛人何处去？绝来音。香阁掩，眉敛，月将沉。争忍不相寻？怨孤衾。换我心为你心，始知相忆深。

李珣，字德润，梓州人。蜀之秀才，颇具诗名。其词《花间集》传三十七首，《尊前集》传十八首。作风萧疏有处士风致，不似五代人作品。例如《渔父》：

避世垂纶不计年，官高争得似君闲？倾白酒，对青山，笑指柴门待月还。

毛熙震字里亦不详，蜀人。事后蜀为秘书监。其词《花间集》传二十九首，周密称他词多"新警"，例如《清平乐》：

春光欲暮，寂寞闲庭户。粉蝶双双穿槛舞，帘卷晚天疏雨。　含愁独倚闺帏，玉炉烟断香微。正是销魂时节，东风满院花飞。

鹿虔扆字里亦不详，仕后蜀为永泰军节度使，进检校太尉，加太保。其所传词仅六首，倪瓒称他："偶尔寄情倚声，而曲折尽变，有无限感慨淋漓处。"如《临江仙》：

金锁重门荒苑静，绮窗愁对秋空。翠华一去寂无踪。玉楼歌吹，声断已随风。　烟月不知人事改，夜阑还照深宫。藕花相向野塘中，暗伤亡国，清露泣香红。

五代词人，大都竞写艳词。像鹿虔扆这样沉痛有力的作品，真是凤毛麟角呢。

西蜀最后一个有名的词人是欧阳炯。

炯，益州华阳人。仕后蜀累官翰林学士，进门下侍郎同平章事。归宋后，授散骑常侍。《宋史》称其"性坦率，无检操，雅善长笛"。他的词《花间集》传十七首，《尊前集》传三十一首。所作多写艳情，例如：

女冠子

薄妆桃脸,满面纵横花靥,艳情多。绶带盘金缕,轻裙透碧罗。　　含羞眉乍敛,微语笑相和。不会频偷眼,意如何?

更漏子

玉阑干,金瓮井,月照碧梧桐影。独自个,立多时,露华浓湿衣。　　一晌凝情望,待得不成模样。虽叵耐,又寻思:争生嗔得伊?

此外西蜀词人尚有毛文锡、薛昭蕴、魏承班、尹鹗、阎选等,其词皆见《花间》《尊前》等集。

三　南唐词

南唐建国江南,其国君李璟、李煜,皆爱好文学,喜延文士。士之避乱失职者,皆以南唐为归。故南唐文物,冠绝当时。

南唐最负盛名的词人,一为冯延巳,一为李煜。

冯延巳,一名延嗣,字正中。其先彭城人,唐末南渡,家于新安,徙居广陵。事南唐累官中书侍郎左仆射同平章事,后改太子太傅。史称其著乐章百阕,今所传者为宋陈世修辑的《阳春集》。他的词已经不是《花间集》派的风味了。

蝶恋花

几日行云何处去?忘了归来,不道春将暮。百草千花寒食路,香车系在谁家树? 泪眼倚楼频独语,双燕飞来,陌上相逢否?撩乱春愁如柳絮,悠悠梦里无寻处。

又

莫道闲情抛弃久,每到春来,惆怅还依旧。日日花前常病酒,不辞镜里朱颜瘦。 河畔青芜堤上柳,为问新愁,何事年年有?独立小桥风满袖,平林新月人归后。

虞美人

玉钩鸾柱调鹦鹉,宛转留春语。云屏冷落画堂空。薄晚春寒,无奈落花风。 搴帘燕子双飞去,拂镜尘鸾舞。不知今夜月眉弯,谁佩同心双结倚阑干?

采桑子

小堂深静无人到,满院春风。惆怅墙东,一树樱桃带雨红。 愁心似醉兼如病,欲语还慵。日暮疏钟,双燕归来画阁中。

冯氏之词,已开北宋晏殊、欧阳修一派的新词风,所以王国维在《人间词话》上说:"冯正中词虽不失五代风格,而堂庑特大,开北宋一代风气。与中后二主词皆在《花间》范围之外，宜《花间集》中不登其只字也。"

南唐二主，实词中之二王。中主李璟，虽传词无多，然如其《摊破浣溪沙》，则特为高妙：

菡萏香销翠叶残，西风愁起绿波间。还与容光共憔悴，不堪看！　　细雨梦回鸡塞远，小楼吹彻玉笙寒。簌簌泪珠多少恨，倚阑干。

后主李煜，被称为词中之"南面王"，为五代词人中之最具有权威者。初名从嘉，改名煜，字重光，陇西人。李璟之第六子，在位十五年。其为人，"天骨秀颖，神气清粹，酷好文辞，洞晓音律"。徐铉语。盖天生之艺人，非政治家也。亡国后，宋太祖封为违命侯，至太宗即位，进封为陇西郡公。后以词多怀念故国，为太宗所忌，赐牵机药毒死。（九三七—九七八）死后追封为吴王。

南唐后主李煜
——从明万历三十七年（1609）原刊本《三才图会》

后主的词有两个时期。在他贵为国君的时候，居于深宫之内，处于妇女之丛，那时，他的生活有的是快活，他的作品有的是曼艳。我们且看他这

时期的词吧:

玉楼春

晚妆初了明肌雪,春殿嫔娥鱼贯列。凤箫吹断水云闲,重按《霓裳》歌遍彻。　临春谁更飘香屑,醉拍阑干情味切。归时休放烛火红,待踏马蹄清夜月。

一斛珠

晚妆初过,沉檀轻注些儿个。向人微露丁香颗,一曲清歌,暂引樱桃破。　罗袖裛残殷色可,杯深旋被香醪涴。绣床斜凭娇无那,烂嚼红茸,笑向檀郎吐。

后主这类的艳词,在描写上我们虽承认其成功,然尚非他最伟大的代表作。后主在词里面最伟大的表现,是在他政治上失败以后,过"以眼泪洗面"的悲苦生活时所写下来的作品。这时,他已一扫曼艳之迹,变为哀怨凄凉了。试读其离国以后的词:

相见欢

林花谢了春红,太匆匆!无奈朝来寒雨晚来风!胭脂泪,相留醉,几时重?自是人生长恨水长东!

又

无言独上西楼,月如钩,寂寞梧桐深院锁清秋。剪不断,理还乱,是离愁,别是一般滋味在心头。

虞美人

春花秋月何时了？往事知多少？小楼昨夜又东风，故国不堪回首月明中！　　雕栏玉砌应犹在，只是朱颜改。问君能有几多愁？恰似一江春水向东流！

浪淘沙

帘外雨潺潺，春意阑珊。罗衾不耐五更寒。梦里不知身是客，一晌贪欢。　　独自莫凭栏，无限江山。别时容易见时难。流水落花春去也，天上人间！

《乐府纪闻》谓后主："每怀故国，词调愈工。其赋《浪淘沙》《虞美人》云云，旧臣闻之有泣下者。"由此即可见其词之深刻，动人之深至。

后主与温庭筠、韦庄，为晚唐五代词中三杰，而后主独高。周济《论词杂著》上说："王嫱、西施，天下之美妇人也，严妆佳，淡妆亦佳；粗服乱头，不掩国色。飞卿严妆也，端己淡妆也，后主则粗服乱头矣。"王国维《人间词话》上说："温飞卿之词句秀也，韦端己之词骨秀也，李重光之词神秀也。"这两个批评都是能够认识后主词的伟大的。

与后主同时入宋的南唐词人，张泌最著名。

泌一作佖。字子澄，淮南人。初官句容尉。后主召为监察御史，进中书舍人。归宋后，官郎中。其词《花间集》传二十七首，《尊前集》传一首。他亦以艳词擅名，其得意之作为《江城子》词：

> 碧栏干外小中庭，雨初晴，晓莺声，飞絮落花，时节近清明。睡起卷帘无一事，匀面了，没心情。

又

> 浣花溪上见卿卿，脸波秋水明，黛眉轻，绿云高绾，金簇小蜻蜓。好是问他来得么？和笑道：莫多情。

这种词，描绘是很灵活尖新的，但嫌风格稍低一点。

四　五代词人补志

五代词人，略如上述。其他有词流传者，君主如后唐庄宗李存勖、前蜀主王衍、后蜀主孟昶等，作词虽不多，然皆精美。今举李存勖的《一叶落》词为例：

> 一叶落，搴朱箔，此时景物正萧索。画楼月影寒，西风吹罗幕，吹罗幕，往事思量著。

至于词人之不属于西蜀南唐者，尚有和凝、欧阳彬、孙鲂、庾传素、成彦雄、成幼文、徐昌图、孙光宪等，就中以和凝与孙光宪较为知名。

和凝,字成绩,郓州须昌人。他历仕后唐、后晋、后汉三朝,官至宰相。他好为曲子,人称为"曲子相公"。有《香奁集》,不传。今其词散见《花间》《尊前》等集,类皆妖艳之作,例如《江城子》:

竹里风生月上门。理秦筝,对云屏,轻拨朱弦,恐乱马嘶声。含恨含娇独自语:今夜约,太迟生。

孙光宪字孟文,贵平人。自号葆光子。高从晦据荆南,署为从事。历事三世,累官检校秘书,兼御史大夫。入宋为黄州刺史。他是一个博学家。其词《花间集》录六十首,《尊前集》录二十三首,在五代词人中要算是作品最丰富的。

思 帝 乡

如何?遣情情更多。永日水堂帘下敛双蛾,六幅罗裙窣地微行曳碧波,看尽满池疏雨打团荷。

浣 溪 沙

蓼岸风多橘柚香,江边一望楚天长,片帆烟际闪孤光。目送征鸿飞杳杳,思随流水去茫茫,兰红波碧忆潇湘。

在"靡靡之音"的五代,歌词竞趋艳冶,像孙光宪的这种词要算是风格很高的。

此外的五代作者,大都仅以一二词流传,或竟只有片词断语存留者,这里不复加以叙述了。

第三章
宋词（上）

北宋继续着五代的词风而益加发展，可以说是词的黄金时代。当时，上自帝王名相，下至贩夫走卒，都知道作词，提倡词或欣赏词，其盛可想。

纪昀在其《四库全书总目提要》上谓北宋词凡三变，其言曰：

> 词自晚唐五代以来，以清切婉丽为宗，至柳永而一变，如词家之有白居易，至轼而又一变，如诗家之有韩愈，遂开南宋辛弃疾等一派。

我们认为苏轼之后，周邦彦、李清照等作词，均以乐府为主，也是一变。因此，我们把北宋词分为下列四期：（一）小词时期；即宋初因袭晚唐五代词风的时期。（二）慢词时期；柳永等。（三）诗人的词的时期；苏轼等。（四）乐府词的时期。周邦彦等。往下即依此加以叙述。

一　北宋词的第一期

第一时期的北宋词，完全是承受着晚唐五代的作风而继续发展。

我们知道晚唐五代词有两个明显的特征：其一，晚唐五代完全是小词的时代，我们从温庭筠的《金荃集》，读到冯延巳的《阳春集》和南唐二主词；从《花间集》读到《尊前集》，除了伪称唐庄宗作的一首《歌头》外，简直找不出第二首百字以上的长词，都是三四十字或五六十字的小词。其二，晚唐五代的词风完全是"婉约""绮艳"的风味，后人谓"词主婉约""词为艳科"的一些话，便是以晚唐五代的词为根据说出来的。

初期的北宋词，一方面是继续用晚唐五代小词的形式，一方面又保留了晚唐五代"婉约""绮艳"的作风。

《尊前集》书影

晏殊是这时期之先进作家,大词人欧阳修、张先和范仲淹都是他的门下,晏几道是他的儿子。就词风而论,这些词人也多少受着他一点影响。简直可以说他是这时期词坛的领袖。

殊字同叔,江西抚州临川人。七岁能文,景德初,以神童召试,赐进士出身。仁宗时,官拜集贤殿学士,同中书门下平章事,兼枢密使。谥元献。(九九一——一〇五五)《宋史》称他:"平居好贤,当时知名之士,如范仲淹、孔道辅皆出其门。……性刚简,奉养清俭。文章赡丽,应用不穷。尤工诗,闲雅有情思。晚岁,笃学不倦。"著文集二百四十卷。

据我们看来,晏殊的诗接近"西昆派",殊无可取;远不如他的词婉约赡丽。刘攽《中山诗话》说:"元献尤喜冯延巳歌词,其所自作,亦不减延巳。"可以说,晏殊的词,全从五代人词中得来,而受冯延巳的影响特大。如果我们把他的词混入冯延巳的词里去,直要使我们莫辨其是谁做的。词例:

清 平 乐

金风细细,叶叶梧桐坠。绿酒初尝人易醉,一枕小窗浓睡。　紫薇朱槿初残,斜阳却照阑干。双燕欲归时节,银屏昨夜微寒。

踏 莎 行

碧海无波,瑶台有路,思量便合双飞去。当时轻别意中人,山长水远知何处!　绮席凝尘,香闺掩雾,红笺小字凭谁附?高楼月尽欲黄昏,梧桐叶上萧萧雨。

《清平乐》（晏殊）

又

小径红稀,芳郊绿遍,高台树色阴阴见。春风不解禁杨花,蒙蒙乱扑行人面。　　翠叶藏莺,珠帘隔燕,炉香静逐游丝转。一场愁梦酒醒时,斜阳却照深深院。

破阵子

燕子来时新社,梨花落后清明。池上碧苔三四点,叶底黄鹂一两声,日长飞絮轻。　　巧笑东邻女伴,采桑径里逢迎。怪疑昨宵春梦好,元是今朝斗草赢,笑从双脸生。

蝶恋花

槛菊愁烟,兰泣露,罗幕轻寒,燕子双飞去。明月不谙离别苦,斜光到晓穿朱户。　　昨夜西风凋碧树,独上高楼,望尽天涯路。欲寄彩鸾兼尺素,山长水阔知何处?

读过冯延巳的《阳春集》,再来读晏殊的《珠玉词》,一定会骇然,以为这就是冯延巳的词。其实这是不足怪的。不仅晏殊模拟冯延巳的词,就是欧阳修、张先、范仲淹、晏几道,那一个词人不深刻地受了冯延巳词的影响?我们知道五代有两个超绝的词人,一个是南唐后主李煜,一个便是冯延巳。李煜的词,已是圣品,人所难学。冯延巳的词,婉约风流,饶有情致,可以模拟。故初宋那些词人都去模拟他,故王国维《人间词话》说他:"堂庑特大,开北宋一代风气。"说冯延巳开北

《踏莎行·又》（晏殊）

宋一代风气,似乎说得过火一点。但北宋第一时期之词坛,却完全是被冯延巳的词风支配着了的。

欧阳修,字永叔,庐陵人,自号醉翁。官至枢密副使参知政事,以太子少师致仕。晚号六一居士,谥文忠。(一〇〇七——〇七二)他是宋代有名的政治家兼文学家,生平事迹,详具《宋史》本传,这里不赘。

欧阳修文学的造诣是多方面的:他的古文是八大家之一,负有极高的文誉,那是不用说了的;他也能诗,在宋代要算是有名的诗人;他的赋也写得很好;只有词,在许多古人看来,那只算是欧阳修的末技了。但在我们看来,则完全相反,欧阳修只有词才能够表现他文学上最高的造诣。我们与其说欧阳修是古文家,是诗人;则不如说他是词人,更足以表现作者文学的价值。

为什么许多古人都不能认识欧阳修词的伟大呢?这是有大原因的。宋代的人,总以为艳词是离经叛道,名家有此,实足为盛德之累,所以他们常常去替名家的艳词掩讳。如晏殊是很爱写艳词的,他所

欧阳修
——从清乾隆八年(1743)刊本《晚笑堂竹庄画传》

作《浣溪纱》的"淡淡梳妆薄薄衣,天仙模样好容仪";《诉衷情》的"东城南陌花下,逢着意中人",又"心心念念,说尽无凭,只是相思";《踏莎行》的"当时轻别意中人,山长水远知何处",这明明是写儿女之情,他的儿子晏几道反说"先君平日小词虽多,未尝作妇人语也"。欧阳修也是最爱写艳词的一个,偏偏又有些闲人来替他辩护。曾慥《乐府雅词序》说:"欧公一代儒宗,风流自命。词章窈眇,世所矜式。乃小人或作艳语,谬为公词。"陈质斋道:"欧阳公词,多与《花间》《阳春》相混,亦有鄙亵之语厕其中,当是仇人无名子所为也。"蔡絛说"今词之浅近者,前辈多谓是刘煇伪作"。《西清诗话》。

其实,自晚唐五代词兴以来,至于北宋初期,词坛只有婉约绮艳的风气;要作词,也只有用心去写婉约绮艳的小词,别无他路可走。欧阳修原是"风流自赏"的人,在这个艳词风气笼罩之下,自然也要去作艳词。那是不足奇的。我们觉得欧阳修的艳词,很可以表现他词的一部分的价值,偏偏那般人却说这不是他作的,那真是冤枉了我们的词人了!

现在,请看作者的词:

南 歌 子

凤髻金泥带,龙纹玉掌梳;走来窗下笑相扶,爱道"画眉深浅入时无"? 弄笔偎人久,描花试手初,等闲妨了绣工夫,笑问"鸳鸯二字怎生书"?

浪 淘 沙

今日北池游,漾漾轻舟,波光潋滟柳条柔。如此春来春又去,白了人头。　好妓好歌喉,不醉难休。劝君满满酌金瓯。纵使花前常病酒,也是风流。

玉 楼 春

湖边柳外楼高处,望断云山多少路。阑干倚遍使人愁,又是天涯初日暮。　轻无管系狂无数,水畔花飞风里絮。算伊浑似薄情郎,去便不来来便去。

欧阳修也是承受五代的词风,受《阳春》《花间》诸集的影响很大的。所以他的词往往和《阳春集》《花间集》相混。我们且再举他的几首抒情小词作例:

长 相 思

花似伊,柳似伊,花柳青青人别离,低头双泪垂!长江东,长江西,两岸鸳鸯两处飞,相逢知几时?

归 国 谣

何处笛?深夜梦回情脉脉,竹风檐雨寒窗隔。　离人几岁无消息。今头白,不眠特地重相忆!

踏 莎 行

候馆梅残,溪桥柳细,草熏风暖摇征辔。离愁渐远渐无穷，迢迢不断如春水。　　寸寸柔肠，盈盈粉泪，楼高休近危栏倚。平芜尽处是春山，行人更在春山外。

玉　楼　春

樽前拟把归期说，未语春容先惨咽。人生自是有情痴，此恨不关风与月。　　离歌且莫翻新阕，一曲能教肠寸结。直须看尽洛城花，始与东风容易别。

蝶　恋　花

庭院深深深几许？杨柳堆烟，帘幕无重数。玉勒雕鞍游冶处，楼高不见章台路。　　雨横风狂三月暮，门掩黄昏，无计留春住。泪眼问花花不语，乱红飞过秋千去。

【按】《蝶恋花》一词，或谓冯延巳作，但考李清照《漱玉词》自注有云"余极爱欧公庭院深深句"，因用之作《临江仙》词起句。是此词实欧阳修之作。

欧阳修的词，意境沉着，情致缠绵，语句婉转流利，在北宋第一时期的词坛，要算是最值得珍贵的一个作家。

张先，字子野，乌程人。或作吴兴人。少游京师，得晏殊的赏识，辟为通判。尝知吴江县，官至都官郎中。因有"桃李嫁春风郎中"和"云破月来花弄影郎中"之名。他又号张三影。

《蝶恋花》（欧阳修）
——从明刊本《诗馀画谱》

【按】《古今词话》载:"有客谓子野曰:'人皆谓公张三中',即心中事,眼中泪,意中人也。公曰:'何不目之为张三影?'客不晓。公曰:'云破月来花弄影;娇柔懒起,帘压卷花影;柳径无人,堕飞絮无影;此皆余生平所得意也。'"

张先活了八十多岁,苏轼在杭州犹及见他。叶梦得《石林诗话》说:

张先郎中能为诗及乐府,至老不衰。居钱塘,苏子瞻作倅时,先年已八十余,视听尚精强,家犹蓄声妓。子瞻尝赠以诗云:"诗人老去莺莺在,公子归来燕燕忙。"盖全用张氏故事戏之。先和云"愁似鳏鱼知夜永,懒同蝴蝶为春忙",极为子瞻所赏。然俚俗多喜传咏先乐府,遂掩其诗声。……

《十咏图》(局部 宋张先绘)

张先本是一位诗人,他的生平也是过的诗的生活,惟诗名为词名所掩,后人遂只知他是一位词人。(九九〇——一〇七八)。

张先是跨北宋第一时期和第二时期的作者,他的小词接近晏殊、欧阳修一派;他的长词接近柳永一派。关于作者的长词,且让下一章去叙述,我们这里来看看他的小词吧:

南乡子

何处可魂消,京口终朝两信潮。不管离人千叠恨,滔滔,催促行人动去桡。　记得旧江皋,绿杨轻絮几条条。春水一篙残阳阔,遥遥,有个多情立画桥。

相思令

蘋满溪,柳绕堤,相送行人溪水西,回时陇月低。烟霏霏,风凄凄,重倚朱门听马嘶,寒鸥相对飞。

菩萨蛮

夜深不至春蟾见,令人更更情飞乱。翠幕动风亭,时疑响屟声。　花香闻水榭,几误飘衣麝。不忍下朱扉,绕廊重待伊。

生查子 弹筝

含羞整翠鬟,得意频相顾。雁柱十三弦,一一春莺语。　娇云容易飞,梦断知何处?深院锁黄昏,阵阵芭蕉雨。

青门引

乍暖还轻冷，风雨晚来方定。庭轩寂寞近清明。残花中酒，又是去年病。　　楼头画角风吹醒，入夜重门静。那堪更被明月，隔墙送过秋千影！

李端叔说："子野词才不足而情有余。"这似乎是比较适当的批评。

晏几道，字叔原，号小山。晏殊的第七子。曾监颍昌许田镇。以他的年代论，本不是这时期的人物了；但他的作风，还是隶属于这时期旗帜之下的。《江西通志》称他："能文章，善持论，尤工乐府。其《小山词》清壮顿挫，见者击节，以为有临淄公风。"不错，晏几道的词是受了乃父的影响。

燕归梁

莲叶雨，蓼花风，秋恨几枝红。远烟收尽水溶溶，飞雁碧云中。　　衷肠事，鱼笺字，情绪年年相似。凭高双袖晚寒浓，人在月桥东。

采桑子

西楼月下当时见，泪粉偷匀，歌罢还颦，恨隔炉烟看未真。　　别来楼外垂杨缕，几换青春。倦客红尘，长记楼中粉泪人。

临江仙

梦后楼台高锁,酒醒帘幕低垂。去年春恨却来时,落花人独立,微雨燕双飞。　记得小蘋初见,两重心字罗衣。琵琶弦上说相思。当时明月在,曾照彩云归!

点绛唇

妆席相逢,旋匀红泪歌金缕。意中曾许,欲共吹花去。　长爱荷香,柳色殷桥路,留人住。淡烟微雨,好个双栖处!

清平乐

留人不住,醉解兰舟去。一棹碧涛春水路,过尽晓莺啼处。　渡头杨柳青青,枝枝叶叶离情。此后锦书休寄,画楼云雨无凭。

菩萨蛮

个人轻似低飞燕,春来绮陌时相见。堪恨两横波,恼人情绪多。　长留青鬓住,莫放红颜去。占取艳阳天,且教伊少年。

晏几道与晏殊虽然是父子关系,但他们的个性与生活,很不相同。晏殊的个性很刚简,晏几道的个性很浪漫;晏殊是过的政治家的生活,晏几道是享受文学家的生活。黄庭坚《序

《清平乐》(晏几道)

小山词》说:"叔原固人英也,其痴亦自绝人。……仕宦之运蹇,而不一傍贵人之门,是一痴也。论文自有体,不肯一作新进士语,此又一痴也。费资千百万,家人寒饥,而面有孺子之色,此又一痴也。人百负之而不恨,己信人终不疑其欺己,此又一痴也。"因为晏几道是一个没有失却赤子之心的痴人,他的词也带着几分痴气,这是和晏殊词风不同的地方。例如:

蝶恋花

醉别西楼醒不记,春梦秋云,聚散真容易。斜月半窗还少睡,画屏闲展吴山翠。　　衣上酒痕诗里字,点点行行,总是凄凉意。红烛自怜无好计,夜寒空替人垂泪!

鹧鸪天

小令尊前见玉箫,银灯一曲太妖娆。歌中醉倒谁能恨,唱罢归来酒未消。　　春悄悄,夜迢迢,碧云天共楚宫腰。梦魂惯得无拘检,又踏杨花过谢桥。

又

彩袖殷勤捧玉钟,当年拚却醉颜红。舞低杨柳楼心月,歌罢桃花扇底风。　　从别后,忆相逢,几回魂梦与君同。今宵剩把银釭照,犹恐相逢是梦中。

我们读了《小山词》的"梦魂惯得无拘检,又踏杨花过谢桥""舞低杨柳楼心月,歌罢桃花扇底风",当可想见作者不羁的风度。

周济《论词杂著》说:"晏氏父子,仍步温韦,小晏精力尤胜。"这是不错的,我们也觉得晏几道的词做得比他父亲好。

上面叙述的都是词人的词。在这个时期的词坛里面,也有不是专门作词的人,间为小词,往往清新可喜。如寇准字平仲,下邽人。的《江南春》:

> 波渺渺,柳依依,孤村芳草远,斜日杏花飞。江南春尽离肠断,蘋满汀洲人未归。

钱惟演字希圣,吴越王钱俶之子。的《玉楼春》:

> 城上风光莺语乱,城下烟波春拍岸。绿杨芳草几时休,泪眼愁肠先已断。　情怀渐变成衰晚,鸾镜朱颜惊暗换。昔年多病厌芳樽,今日芳樽惟恐浅。

黄昇《花庵词选》谓此暮年作词,极凄惋。又如韩琦字稚圭,安阳人。的《点绛唇》:

钱惟演
——从清道光十年(1830)刊本《古圣贤像传略》

病起恹恹,庭前花影添憔悴。乱红飘砌,滴尽真珠泪。　惆怅前春,谁向花前醉?愁无际!武陵凝睇,人远波空翠。

范仲淹字希文,吴县人。的《苏幕遮》:

碧云天,黄叶地,秋色连波,波上寒烟翠。山映斜阳天接水;芳草无情,更在斜阳外。　黯乡魂,追旅思,夜夜除非,好梦留人睡。明月楼高休独倚。酒入愁肠,化作相思泪。

这些作者,不是名相,便是名将。他们写起词来,也不免带几分儿女的情态。可知这时期的词风,完全是以婉约绮艳为主。此外如赵抃的《折新荷引》,陈尧佐的《踏莎行》,王琪的《望江南》,叶清臣的《贺圣朝》,宋祁的《浪淘沙》,贾昌朝的《木兰花令》,司马光的《西江月》,都是很好的艳词。大概这时期的作品,多具有"情致妩媚,音调谐叶,词句清婉"的几种特色。小词到了这个时期,可以说是登峰造极、淋漓尽致的发展了。

《苏幕遮》（范仲淹）

二　北宋词的第二期

　　北宋第一时期的词,是继承五代词风的时期,是小词发达的时期;北宋第二时期的词,是创造新词风的时期,是长的慢词起来的时期。

　　柳永是这时期的主干词人,也就是慢词的创造者。本来在柳永以前,也有长词的纪录,但都靠不住。宋翔凤说:

> 先于耆卿柳永,如韩稚圭、范希文作小令,惟欧阳永叔间有长词,罗长源谓多插入柳词,则未必欧作。余谓慢词当始于耆卿矣。《乐府馀论》。

吴曾也说:

> 按词自南唐以来,但有小令。慢词当起于宋仁宗朝。中原息兵,汴京繁庶,歌台舞席,竞赌新声。耆卿失意无俚,流连坊曲。遂尽收俚俗语言,编入词中,以便伎人传习。一时动听,散播四方。其后东坡、少游、山谷辈相继有作,慢词遂盛。《能改斋漫录》。

　　慢词是什么?《乐府馀编》说:"慢者曼也,谓曼声而歌者也。"这是说慢词就是曼艳之词。

由上面那几段话，我们知道慢词（一）是长词；（二）是新声；（三）是艳词；（四）是俚俗语言。柳永就是慢词的首创者。

在这里我们最要注意的，是"新声"二字。李清照《词论》说："始有柳屯田永者，变旧声，作新声，出《乐章集》，大得声称于世。"所谓新声，当然是指新的声乐。我们就李清照的话和前面的话联串起来，便很显然的知道：当柳永的时代实有两种乐，一种是五代传下来已经不流行了的旧乐，一种是在当代流行的新乐。晏殊、欧阳修辈的词只适应旧声，所以在当代不很流行。柳永的词不跟死了的旧声乐走，自创新律，以叶新声；而且以俚俗语言作词，迎合一般社会趋时爱新的心理，故能"一时动听，散播四方"，故其《乐章集》"大得声称于世"。

柳永，初名三变，字耆卿。或以为初名永，后改名三变。福建崇安人。或作乐安。仁宗景祐元年进士（一〇三四）。他的生卒不可考，大约是十一世纪上半期的人。官至屯田员外郎，故世号柳屯田。叶梦得《避暑录话》称他："为举子时，多游狭邪。善为歌辞。教坊乐工，每得新腔，必求永为词，始行于世。"可见他少年时词誉已是很高了。但他一生的落拓，就是作词之累。吴曾《能改斋漫录》载：

> 仁宗留意儒雅，务本向道，深斥浮艳虚华之文。初进士柳三变好为淫冶讴歌之曲，播传四方。尝有《鹤冲天》

词云:"忍把浮名,换了浅斟低唱。"及临轩放榜,特落之曰:"且去浅斟低唱,何要浮名?"

后来他改名为永,方才中了景祐元年的进士。陈师道《后山诗话》载:

> 柳三变游东都南北二巷,作新乐府。……仁宗颇好其词,每对宴,必使侍从歌之再三。三变闻之,作宫词号《醉蓬莱》,因内官达后宫,且求其助,仁宗闻而觉之,自是不复歌其词矣。

黄昇《花庵词选》又载:

> 永为屯田员外郎,会太史奏老人星见。时秋霁,宴禁中。仁宗命左右词臣为乐章,内侍属柳应制。柳方冀进用,作此词奏呈。上见首有渐字,色若不怿。读至"宸游凤辇何处",乃与御制真宗挽词暗合,上惨然。又读至"太液波翻",曰"何不言波澄"?投之于地,自

《乐章集》书影
(明毛氏汲古阁刻本)

第三章 宋词(上) / 051

此不复擢用。

柳永政治上的活动,既然再三失意,便不能不抛弃浮名的幻想,去换"浅斟低唱"了。从此便永远流连于歌舞场中,消磨他的年华了。他的词大都是替歌妓们写的。《方舆胜览》称他:"卒于襄阳。死之日,家无余财。群妓合金葬之于南门外,每春月上冢,谓之吊柳七。"但《独醒杂志》的记载则与此不同:"柳耆卿……既死葬于枣阳县花山。远近之人,每遇清明多载酒肴饮于耆卿墓侧,谓之吊柳会。"王士禛诗云:"残月晓风仙掌路,何人为吊柳屯田。"则柳永墓应在仪真之仙人掌。这几说未是孰是。总之,一代的词人是这样潦倒以终了。

攻击柳永词的人,总是说柳词爱写"闺帏淫媟之语"。在我们看来,柳永爱写"闺帏之语"是不错,但不能即说是"淫媟"。其词如:

昼 夜 乐

洞房记得初相遇,便只合长相聚。何期小会幽欢,变作离情别绪。况值阑珊春色暮,对满目乱花狂絮。直恐好风光,尽随伊归去。　一场寂寞凭谁诉?算前言总轻负。早知恁地难拚,悔不当初留住。其奈风流端正外,更别有系人心处。一日不思量,也攒眉千度。

八声甘州

对潇潇暮雨洒江天,一番洗清秋。渐霜风凄紧,关河冷落,残照当楼。是处红衰翠减,苒苒物华休。惟有长江水,无语东流。　　不忍登高临远,望故乡渺邈,归思难收。叹年来踪迹,何事苦淹留?想佳人妆楼长望,误几回天际识归舟。争知我倚阑干处,正恁凝愁!

雨霖铃

寒蝉凄切,对长亭晚,骤雨初歇。都门帐饮无绪,方留恋处,兰舟催发。执手相看泪眼,竟无语凝噎。念去去千里烟波,暮霭沉沉楚天阔。　　多情自古伤离别,更那堪冷落清秋节。今宵酒醒何处,杨柳岸,晓风残月。此去经年,应是良辰好景虚设。便纵有千种风情,更与何人说!

婆罗门令

昨宵恁和衣睡,今宵又恁和衣睡。小饮归来初更过,醺醺醉。中夜后,何事还惊起?霜天冷,风细细,触疏窗,闪闪灯摇曳。　　空床展转重追想,云雨梦,任敧枕难继。寸心万绪,咫尺千里。好景良天,彼此空有相怜意,未有相怜计。

这些词不但不能说是"淫媟",而且很雅。不过这所谓雅,不是指文字雅俗之雅,而是指"意境完美"的雅。如"想佳人妆

《雨霖铃》（柳永）
——从明刊本《诗馀画谱》

楼长望,误几回天际识归舟",是一个多么有诗意的境界!如"今宵酒醒何处,杨柳岸,晓风残月",又是多么有诗意的境界。柳永特别的技能,是工于描写,无论什么俗字俗句,一经柳永运用,便成了活跃的描绘,所以许多人都称赞他"工于铺叙"。不懂得柳永的人,不是说"耆卿词虽极工,然多杂以鄙语", 孙敦立语。便是说"耆卿词铺叙展衍,备足无余,较之《花间》所集,韵终不胜", 李端叔语。这都是皮相之谈。周济在他的《论词杂著》说得最好:"其铺叙委婉,言近意远,森秀幽深之趣在骨。"项平斋的话亦是不错的,他说柳词和杜甫的诗一样,"皆无表德,只是实说"。因为是"实说",所以能够代表时代。范镇尝说:"仁宗四十二年太平,镇在翰苑十余载,不能出一语咏歌,乃于耆卿词见之。"《方舆胜览》。真的,在北宋词中人,只有柳永词能够把那时太平景象逼真地表现出来。例如:

望 海 潮

东南形胜,江吴都会,钱塘自古繁华。烟柳画桥,风帘翠幕,参差十万人家。云树绕堤沙,怒涛卷霜雪,天堑无涯。市列珠玑,户盈罗绮竞豪奢。　　重湖叠巘清佳,有三秋桂子,十里荷花,羌管弄情,菱歌泛夜,嬉嬉钓叟莲娃。千骑拥高牙。乘醉听箫鼓,吟赏烟霞。异日图将好景,归去凤池夸。

鹤冲天

黄金榜上,偶失龙头望。明代暂遗贤,如何向?未遂风云便,争不恣狂荡?何须论得丧?才子词人,自是白衣卿相。　烟花巷陌,依约丹青屏障。幸有意中人,堪寻访。且恁偎红倚翠,风流事,平生畅。青春都一饷,忍把浮名,换了浅斟低唱。

前一首是描写笙歌繁华,后一首是描写风流浪漫,都写得好。传说此词流播到金,金主亮看了"有三秋桂子,十里荷花"之句,欣然起投鞭渡江之志。据《钱塘遗事》。可见柳词流传之广,动人之深。叶梦得《避暑录话》说:"尝见一西夏归朝官云:'凡有井水处,即能歌柳词。'"是则柳永的词简直名满天下了。

因为柳永的词是比较俚俗化的文艺,所以能够流传于民间,至于名满天下。但因为其词俚俗的缘故,便有许多人说他风格不高。那是不错,柳词风格并不能算高。可是,风格不高,实不足为柳词病。古今词人风格之高无如姜夔。然我们读姜词总如雾里看花一样,没有能够十分使我们感兴的。词的第一要义是描写,如果离开了描写而谈风格,真是舍其本而齐其末。陈质斋对于柳永有一个很恰当的批评:

柳词格不高,而音律谐婉,词意妥帖,承平气象,形容尽致,尤工于羁旅行役。

宋翔凤的批评更好：

> 柳词曲折委婉，而中具浑沦之气。虽多鄙语，而高处足冠横流。……以屯田一生精力在是，不如东坡辈以余事为之也。

当着柳永创制慢词的时候，张先也跟着有作。其词如：

卜算子慢

溪山别意，烟树去程，日落采蘋春晚。欲上征鞍，更掩翠帘回面相盻，惜弯弯浅黛长长眼。奈画阁欢游，也学狂花乱絮轻散。　水影横池馆，对静夜无人，月高云远。一饷凝思，两眼泪痕还满。难遣！恨私书又逐东风断！纵梦泽层楼万尺，望湖城那见？

谢池春慢

缭墙重院，时闻有啼莺到。绣被掩余寒，画幕明新晓。朱槛连空阔，飞絮无多少。径莎平，池水渺，日长风静，花影闲相照。　尘香拂马，逢谢女，城南道。秀丽过施粉，多媚生轻笑。斗色鲜衣薄，碾玉双蝉小。叹难偶，春过了。琵琶流怨，都入相思调。

因为张先工小词，又能写长词，所以有人说他"上结晏欧之局,下开苏秦之先"。又因为在这时期只有柳永和张先写长词,所以后人总喜欢拿他俩并称。晁补之说:"子野与耆卿齐名,而时以子野不及耆卿。然子野韵高,是耆卿所乏处。"我以为张先韵高而才短,决不能和描绘的圣手柳永相比拟。

秦观是继柳永、张先而起的慢词作家。他字少游,一字太虚,扬州高邮人。少豪隽慷慨,溢于文词。登进士第。元祐初,苏轼以贤良方正荐于朝,除太学博士,秘书省正字,后兼国史院编修官。绍圣初,坐党籍削秩,贬放于处州,徙郴州、横州、雷州等处。后放还至藤州,醉死于光化亭。(一○四九——一一○○)有《淮海词》一卷。他本是苏门四学士之一,在四学士中,苏轼尤与他相友善,称为今之词手。但他的词却与苏轼完全不同调,而倾向柳永的作风,长词尤近柳永一派。

秦 观
——从清道光十年(1830)刊本《古圣贤像传略》

望海潮

梅英疏淡,冰澌溶泄,东风暗换年华。金谷俊游,铜驼巷陌,新晴细履平沙。长记误随车,正絮翻蝶舞,芳思

《望海潮》（秦观）
——从明刊本《诗馀画谱》

交加。柳下桃蹊，乱分春色到人家。　　西园夜饮鸣笳，有华灯碍月，飞盖妨花。兰苑未空，行人渐老，重来事事堪嗟！烟暝酒旗斜，但倚楼极目，时见栖鸦。无奈归心，暗随流水到天涯。

满庭芳

山抹微云，天粘衰草，画角声断谯门。暂停征棹，聊共引离尊。多少蓬莱旧事，空回首，烟霭纷纷。斜阳后，寒鸦数点，流水绕孤村。　　消魂当此际，香囊暗解，罗带轻分。漫赢得青楼薄幸名存。此去何时见也？襟袖上空染啼痕。伤情处，高城望断，灯火已黄昏。

秦观的词，擅长写情，他的艳词写得好，愁苦之词尤其写得好，试举几首为例：

河 传

乱花飞絮，又望空斗合，离人愁苦。那更夜来，一霎薄情风雨，暗掩将春色去。　　篱枯壁尽因谁做？若说相思，佛也眉儿聚。莫怪为伊，抵死萦肠惹肚，为没教人恨处。

踏莎行

雾失楼台，月迷津渡，桃源望断无寻处。可堪孤馆闭春寒，杜鹃声里斜阳暮。　　驿寄梅花，鱼传尺素，砌成

《踏莎行》（秦观）
——从明刊本《诗馀画谱》

此恨无重数。郴江幸自绕郴山,为谁流下潇湘去?

王国维称秦观:"词境最为凄婉,至'可堪孤馆闭春寒,杜鹃声里斜阳暮',则变而凄厉矣。"《人间词话》。冯煦也说:"淮海古之伤心人也。"《宋六十一家词选序》。

他不仅工于长调,其小词绰约轻盈,亦多佳作,如:

如梦令

莺嘴啄花红溜,燕尾点波绿皱。指冷玉笙寒,吹彻小梅春透。依旧,依旧,人与绿杨俱瘦。

浣溪沙

漠漠轻寒上小楼,晓阴无赖似穷秋,淡烟流水画屏幽。自在飞花轻似梦,无边丝雨细如愁,宝帘闲挂小银钩。

秦观在元祐间与黄庭坚齐名。若仅论词,则许多词话家都认定黄不如秦。晁补之且这样说:"近来作者皆不及少游。"蔡伯世亦云:"子瞻辞胜乎情,耆卿情胜乎辞,辞情相称者,唯少游而已。"由此即可想见秦观之词誉之高。

自经过柳永,张先,秦观等,喜欢作长篇的慢词,并且贡献了许多好作品以后,这条新路便热闹起来,此后的词人大都在长篇的词里面发挥他们的才华了。

《如令梦》(秦观)
——从明刊本《诗馀画谱》

三　北宋词的第三期

北宋词的第三期，是词体的解放时期，是作词如作诗的时期，名作家苏轼便完全代表了这时期词坛的特色。

纪昀《四库提要》曾以苏轼的词来比韩愈的诗。我们且不必追问词家之有苏轼，是否如诗家之有韩愈。我们只要说明词到了苏轼真是大变而特变了。柳永虽然创制了慢词，但他的描写，离不开"儿女之情"；他的作风，还是继承《花间集》的绰约风调；还没有打破"词为艳科"的观念。到了苏轼才把"词为艳科"的狭隘范围完全打破，才扩大词体的描写，才拿词来写胸襟怀抱，才变婉约的作风为豪放的作风。胡寅说：

> 词曲至东坡，一洗绮罗芗泽之态，摆脱绸缪宛转之度。使人登高望远，举首浩歌，逸怀浩气，超乎尘垢之外。于是《花间》为皂隶，而耆卿为舆台矣。

因为苏轼的词，过于奔放迭出，不受格律的拘束，所以人都称苏词为"曲子中缚不住者"。陆游说：

> 世言东坡不能歌，故所作乐府词多不协。晁以道谓绍圣初，与东坡别于汴上。东坡酒酣，自歌《古阳关》。则

公非不能歌，但豪放不喜裁剪以就声律耳。

苏轼写词是拿来表现自己的，不是写给乐工歌伎们唱的，所以只求写得好，不问合不合音律。于是一变音乐底词而为文学底词。许多人为传统观念所蔽，以为词决不可以离音乐而独立。因此否认苏轼这一派的词是正宗，说是别派，谓其"虽极天下之工，要非本色"。其实，词失却音乐性的时候，不过没有音乐上的价值。只要写得好，我们决不能否认其文学的价值。所以纪昀的批评苏词也说"寻源溯流，不能不谓之别格。然谓之不工则不可"。我们觉得只要词工，便是具备了文学最高意义，什么"别派"，什么"不协音律"，均不足以病词人。

这是我们在叙述苏派的词人以前应有的认识。

苏轼，字子瞻，眉山人。自号东坡居士。（一〇三七——一一〇一）他的事迹俱见《宋史》本传，知道的人很多，这里不复赘叙。他也是多方面的文学家，文章诗赋都做得很好。他在词史上的地位尤高。因为有了苏轼起来，词体才扩张很大的领域，才得大大的解

苏 轼
——从清乾隆八年（1743）刊本《晚笑堂竹庄画传》

放。仅仅这一点，我们已经不能忽视苏轼对于词的工作成绩；更何况他的作品又具有不可磨灭的价值呢。

我们读了晚唐五代的词，读了北宋初期晏殊、欧阳修的词和第二时期柳永、张先的词，再来读苏轼的词，一定要发现新的欣赏趣味，一定会精神一振。因为苏词引导我们离开了百余年来都是这样温婉绮靡的路，而走向一条雄壮奔放的新路。这条新路是可以使我们鼓舞，可以使我们兴奋，而不是叫我们昏醉在红灯绿酒底下的"靡靡之音"。例如：

念奴娇 赤壁怀古

大江东去，浪淘尽，千古风流人物。故垒西边，人道是三国周郎赤壁。乱石崩云，惊涛拍岸，卷起千堆雪。江山如画，一时多少豪杰。　遥想公瑾当年，小乔初嫁了，雄姿英发，羽扇纶巾，谈笑间，强虏灰飞烟灭。故国神游，多情应笑我，早生华发。人间如梦，一樽还酹江月。

水调歌头

明月几时有？把酒问青天。不知天上宫阙，今夕是何年？我欲乘风归去，又恐琼楼玉宇，高处不胜寒。起舞弄清影，何似在人间？　转朱阁，低绮户，照无眠。不应有恨，何事长向别时圆？人有悲欢离合，月有阴晴圆缺，此事古难全。但愿人长久，千里共婵娟。

《念奴娇·赤壁怀古》（苏轼）
——从明刊本《诗馀画谱》

《水调歌头》（苏轼）
——从明刊本《诗馀画谱》

苏轼的词是多方面的，他随兴趣之所至，有时抒情，有时叙事，有时说理，一切的材料都是他词里面的描写材料，他什么词都写得好。有人说他不会写情词，说他的词是"关西大汉，执铁绰板，唱《大江东去》"，不是"十七八女孩儿，按红牙拍"所歌唱的。据《吹剑续录》。这就是讥笑苏轼不能作儿女情话。其实，苏轼的情词写得很好。王士祯说："枝上柳绵，恐屯田缘情绮靡，未必能过。孰谓东坡但解作《大江东去》焉？"

往下且看他的词：

蝶恋花

花褪残红青杏小，燕子飞时，绿水人家绕。枝上柳绵吹又少，天涯何处无芳草。　　架上秋千墙外道；墙外行人，墙里佳人笑。笑渐不闻声渐杳，多情却被无情恼！

又

蝶懒莺慵春过半，花落狂风，小院残红满。午醉未醒红日晚，黄昏帘幕无人卷。　　云鬓鬅松眉黛浅，总是愁媒，欲诉谁消遣？未信此情难系绊，杨花犹有东风管。

卜算子　黄州定慧院寓居作

缺月挂疏桐，漏断人初静。时见幽人独往来，缥缈孤鸿影。　　惊起却回头，有恨无人省。拣尽寒枝不肯栖，寂寞沙洲冷。

《蝶恋花》（苏轼）
——从明刊本《诗馀画谱》

《卜算子》(苏轼)

如 梦 令

为向东坡传语,人在玉堂深处。别后有谁来,雪压小桥无路。归去,归去,江上一犁春雨。

浣 溪 沙

道字娇讹语未成,未应春阁梦多情,朝来何事绿鬟倾?彩素身轻长趁燕,红窗睡重不闻莺,困人天气近清明。

贺黄公《词筌》说:"如此风调,令十六七女郎歌之,岂在'晓风残月'之下?"真的,我们读了这些小词,不知道豪放的苏轼那里去了?他的长词也很有绮丽之作:

洞 仙 歌

冰肌玉骨,自清凉无汗,水殿风来暗香满。绣帘开,一点明月窥人;人未寝,欹枕钗横鬓乱。　起来携素手,庭户无声,时见疏星渡河汉。试问夜如何?夜已三更,金波淡,玉绳低转。但屈指西风几时来,又不道流年暗中偷换!

水 龙 吟　次韵章质夫《杨花词》

似花还似非花,也无人惜从教坠。抛家傍路,思量却是,无情有思,萦损柔肠。困酣娇眼,欲开还闭,梦随风万里,寻郎去处,又还被莺呼起。　不恨此花飞尽,恨

《水龙吟》(苏轼)

西园落红难缀。晓来雨过,遗踪何在?一池萍碎,春色三分:二分尘土,一分流水。细看来,不是杨花,点点是离人泪!

如此看来,苏轼也是写情的能手,不过他作风的方面很多,不专以此见长耳。

与苏轼齐名的有黄庭坚。他的词虽不如苏轼的伟大,但就豪放恣肆一点说,他是与苏词的风格有几分相同的。

庭坚,字鲁直,号山谷,洪州分宁人。登进士第,为叶县尉,除北京国子监教授。累官秘书丞,国史编修官。后坐事贬涪州别驾,安置黔州。建中靖国初,召知太平州,后除名编管宜州。寻卒。(一○四五——一一○五)著《山谷词》二卷。

他的词受了苏轼很深的影响,喜自由写作而脱略音律,所以晁补之讥其"著腔子唱好诗"。然其具有气力之表现,要为不易企及。如《水调歌头》:

黄庭坚
——从清道光十年(1830)刊本《古圣贤像传略》

瑶草一何碧!春入武陵溪。溪上桃花无数,枝上有黄鸱。我欲穿花寻路，直入白云深处，浩气展虹霓。只恐花深里，红雾湿人衣。　　坐玉石，倚玉枕，拂金徽。谪仙何处？无人伴我白螺杯。我为灵芝仙草，不为朱唇丹脸，长啸亦何为？醉舞下山去，明月逐人归。

在《山谷词》里面，可惜这类的作品并不多。作者最喜欢写的是男女之私情，有许多是世所艳称的。如：

沁园春

把我身心，为伊烦恼，算天便知。恨一回相见，百回做计，未能偎倚，早觅东西。镜里拈花，水中捉月，觑着无由得近伊。添憔悴，镇花销翠减，玉瘦香肌。　　奴儿又有行期。你去即无妨，我共谁？向眼前常见，心犹未足；怎生禁得，真个分离？地角天涯，我随君去。掘井为盟无改移！君须是，做些儿相度，莫待临时。

少年心

对景惹起愁闷，染相思，病成方寸。是阿谁先有意？阿谁薄幸？斗顿恁少喜多嗔！　　合下休传音问，你有我，我无你分。似合欢桃核，真堪人恨：心里有两个人人！

如此写得露骨，风格自然不高。当代的人大都对庭坚这种词表示不满，他的好友陈师道便说："时出俚浅，可称伧父。"文字的俚浅原不足为病，但思意过于粗俗，则词品乃流

《水调歌头》（黄庭坚）
——从明刊本《诗馀画谱》

于下乘了。庭坚的词便深中此病而被人斥为"淫词"。

苏黄以后,更找不出用作诗方法来大刀阔斧地作词的豪放词人,这一派直到南宋辛弃疾等才继续发挥光大起来。

苏门济济多士,能词者甚多。除秦观、黄庭坚以外,尚有晁补之、陈师道、张耒等。受知于苏轼的词家,则有李之仪、程垓、毛滂诸人。其不属苏门而同时以词著称者,尚有贺铸、谢逸等。这许多词人把元祐时期造成为极盛的词坛,如诗歌之有建安时期一样。

晁补之,字无咎,巨野人。举进士,元祐初除秘书省正字,通判扬州,召还为著作郎。绍兴末坐党籍徙湖州等处。后起知泗州卒。(一〇五三——一一一〇)补之为人才气飘逸,不重功名,常自悔"儒冠曾把身误"。词有《琴趣外篇》六卷。例如《临江仙》信州作:

> 绿暗汀洲三月暮,落花风静帆收。垂杨低映木兰舟。半篙春水滑,一段夕阳愁。 灞水桥东回首处,美人新上帘钩。

晁补之
——从清道光十年(1830)刊本《古圣贤像传略》

《临江仙》（晁补之）
——从明刊本《诗馀画谱》

青鸾无计入红楼。行云归楚峡,飞梦到扬州。

补之词高旷处颇接近苏轼,其贬玉溪时所作之《迷神引》,极为悲壮,堪称补之的代表作。其词如下:

黯黯青山红日暮,浩浩大江东注。余霞散绮,回向烟波路。使人愁,长安远,在何处?几点渔灯,小迷近坞;一片客帆,低傍前浦。　　暗想平生,自悔儒冠误。觉阮途穷,归心阻,断魂萦目,一千里伤平楚。怪竹枝歌,声声怨,为谁苦!猿鸟一时啼,惊岛屿烛暗,不成眠,听津鼓。

陈质斋云:"无咎词佳者固未逊秦七、黄九。"

陈师道,字履常,一字无己,号后山,彭城人。元祐初为徐州教授,迁太学博士,终秘书省正字。(一〇五三——一一〇二)他的诗有名于世,词有《后山长短句》二卷。以小词为最擅长,例如《清平乐》:

藏藏摸摸,好事争如莫。背后寻思浑是错,

陈师道
——从清道光十年(1830)刊本《古圣贤像传略》

猛与将来放着。　　吹花卷絮无踪，晚妆知为谁红？梦断阳台云雨，世间不要东风。

师道尝自矜许："他文未能及人，独于词不减秦七、黄九"，实则其诗文大可以与秦、黄相抗衡，而词则未免略逊一筹也。

张耒，字文潜，淮阴人。第进士，历官起居舍人，以直龙图阁知润州，坐党籍谪官，晚监南岳庙，主管崇福宫。（一〇五四——一一一四）有《宛溪集》。其传词甚少，例如《风流子》：

亭皋木叶下，重阳近，又是捣衣秋。奈愁入庾肠，老侵潘鬓，谩簪黄花，花也应羞。楚天晚，百蘋烟尽处，红蓼水边头。芳草有情，夕阳无语，雁横南浦，人倚西楼。

玉容知安否？红笺共锦字，两处悠悠。空恨碧云离合，青鸟沉浮。向风前懊恼：芳心一点，寸眉两叶，禁甚闲愁？情到不堪言处，分付东流！

张耒
——从清道光十年（1830）刊本《古圣贤像传略》

张耒所传的几首词都写得好，他的作风显然接近柳永一派。

李之仪，字端叔，自号

《风流子》(张耒)
——从明刊本《诗馀画谱》

李之仪
——从清道光十年（1830）刊本《古圣贤像传略》

姑溪居士，无棣人。徽宗初，提举河东常平，编管太平，徙唐州，终朝请大夫。有《姑溪词》二卷。他在当世无盛名，而所作小词极可观。例如：

清平乐

萧萧风叶，似与更声接。欲寄明珰非为怯，梦断兰舟桂楫。　　学书但写鸳鸯，却应无那愁肠。安得一双飞去，春风芳草池塘。

卜算子

我住长江头，君住长江尾。日日思君不见君，共饮长江水。　　此水几时休？此恨何时已？只愿君心似我心，定不负相思意。

李之仪《汴堤帖》

纪昀称之仪："小令尤清婉峭蒨，殆不减秦观。"

程垓，字正伯，眉山人。为苏轼中表。家有拟舫名书舟，故词集号《书舟词》。杨慎盛称其《酷相思》《四代好》《折

红英》数词,今举《酷相思》一首为例:

> 月挂霜林寒欲坠,正门外催人起。奈离别如今真个是,欲住也留无计,欲去也来无计。　马上离情衣上泪,各自个供憔悴。问江路梅花开也未?春到也须频寄,人到也须频寄。

该词颇具豪放之致,纪昀云:"苏、程为中表,耳濡目染,有自来也。"

毛滂,字泽民,江山人。尝知武康县,又知秀州。以诗文、乐府受知于苏轼。著《东堂词》。其《惜分飞》一首最有名:

> 泪湿阑干花着露,愁到眉峰碧聚。此恨平分取,更无言语空相觑。　断雨残云无意绪,寂寞朝朝暮暮。今夜山深处,断魂分付潮回去。

陈质斋云:"滂他词虽工,未有能及此者。"

贺铸,字方回,卫州人。元祐中通判泗州,又倅太平州,退居吴下,自号庆湖遗老。(一〇五二——一一二五)著《东山寓声乐府》三卷。他的词以《青玉案》一首最有名:

> 凌波不过横塘路,但目送芳尘去。锦瑟年华谁与度?月台花榭,琐窗朱户,惟有春知处。　碧云冉冉蘅皋暮,彩笔新题断肠句。试问闲愁都几许?一川烟草,满城

《青玉案》(贺铸)

风絮,梅子黄时雨。

铸此词传诵一时,士大夫皆服其"梅子黄时雨"句之工,称之为贺梅子。作者其他的小词亦多工者。

谢逸,字无逸,自号溪堂,临川人。第进士后,绝意仕进,闲居多从衲子游,以诗文自遣。著《溪堂词》。其《江城子》最著名:

杏花村馆酒旗风,水溶溶,飏残红。野渡舟横,杨柳绿阴浓。望断江南山色远,人不见,草连空。 夕阳楼外晚烟笼,粉香融,淡眉峰。记得年时,相见画屏中。只有关山今夜月,千里外,素光同。

纪昀称作者此词:"语意清丽,良非虚美。"更有谓谢逸的词尚在晁补之、张耒之上者,那就未免过誉了。

四 北宋词的第四期

词人有两种:有乐工的词;有文人的词。乐工的词,是能协乐能歌的,但多半做得不好;文人的词,做是做得很好了,却往往不能协乐。词的进展,是由乐工的词,进为文人的词。词到了北宋,那些文人都拿词来作闲暇的吟咏,不复被之管弦了。词与乐府便渐渐分离起来,除了一个柳永专门作乐府词,

听琴图（绢本设色，现藏于北京故宫博物院）
——宋徽宗赵佶绘

给那些歌伎们去唱外，大多数的文人的词，都一步一步离开音乐的立场，专门去卖弄文字上的技巧了；到了苏轼黄庭坚一般诗人，他们大刀阔斧，淋漓肆放的去做词，不屑咬文嚼字，不管声调格律，便越离乐府越远了。以至于他们的词不复能歌。

北宋的词坛，可以说是建设在"文学底赏鉴"上面；不是建设在"乐府"的上面。

直到北宋的末年，词与乐府才再合拢起来，乐府词才复兴起来。

乐府词的能够复兴，我们不能不归功于宋徽宗。徽宗自己是一个富有艺术天才的文人，又是很爱好音乐的人。他创造一个大晟府，叫一般懂得音乐的文人去主持。他们的词完全依照音乐的曲拍去做，造成北宋末年一种词的新风气。

如宋徽宗、周邦彦及女词人李清照等,都是这时候的乐府词家。

宋徽宗的词有两种境地,在没有被虏以前,他是享受着最美满的皇帝生活,那时的词完全是曼艳绮丽之作,是一种境地;后来他失掉了至尊的权威,身作囚犯,在北地备受精神物质之苦,这时的词凄凉悱恻,令人欲泪,又是一种境地。代表他前期生活的作品,如《探春令》:

> 帘旌微动,峭寒天气,龙池冰泮。杏花笑吐香犹浅,又还是春将半。　清歌妙舞从头按,等芳时开宴。记去年对着东风,曾许不负莺花愿。

代表他后期生活的作品,如《燕山亭》北行见杏花:

> 裁剪冰绡,轻叠数重,淡著燕脂匀注。新样靓妆,艳溢香融,羞杀蕊珠宫女。易得凋零,更多少,无情风雨。愁苦!闲院落凄凉,几番春暮?　凭寄离恨重重,这双燕何曾会人言语。天遥地远,万水千山,知他故宫何处?怎不思量,除梦里,有时曾去。无据!和梦也新来不做。

眼 儿 媚 北地

> 玉京曾忆旧繁华,万里帝王家。琼楼玉殿,朝喧弦管,暮列笙琶。　花城人去今萧索,春梦绕胡沙。家山何处?忍听羌管,吹彻《梅花》。

我们看前面的"记去年对着东风，曾许不负莺花愿"，是何等的曼丽！到后面的"凭寄离恨重重，这双燕何曾会人言语"，又是何等的凄凉！徽宗真是一位天生才人，这两种不同境地的词，都描写得极好。只可惜他遗传下来的词太少了。其所作如调寄、导引的诸首，都是《宋史·乐志》明载，曾"弦诸乐府"的。

周邦彦是两宋最伟大的乐府词家，他的作品为后来一切乐府词人的模式。南宋陈郁的《藏一话腴》称他："二百年来以乐府独步。贵人、学士、市侩、妓女，皆知其词为可爱。"

邦彦，字美成，号清真。钱塘人。《宋史·文苑传》称"美成疏隽少检，不为州里所重"。可见他少年时是很浪漫的。元丰初，以大学生进《汴都赋》，神宗召为大学正。其后浮沉州县三十余年。徽宗颁《大晟乐》，召邦彦入为秘书监，进徽猷阁待制，提举大晟府。徙处州卒。（一〇五六——一一二一）

邦彦精通音乐，故徽宗用他提举大晟府。《文苑传》也称他"好音乐，能自度曲。制乐府长短句，词韵清蔚"。他的作品，下字用韵，皆有严格的法度，所以后人尊奉他的作品为词律。

往下我们且举作者几首负盛名的词作例：

兰 陵 王 咏柳

柳阴直，烟里丝丝弄碧。隋堤上，曾见几番，拂水飘绵送行色。登临望故国，谁识京华倦客？长亭路，年去岁来，应折柔条过千尺。　　闲寻旧踪迹。又酒趁哀弦，灯照离席。梨花榆火催寒食。愁一箭风快，半篙波暖，回头迢递便数驿。望人在天北。　　凄恻，恨堆积。渐别浦萦回，津堠岑寂。斜阳冉冉春无极。念月榭携手，露桥闻笛。沉想前事，似梦里，泪暗滴。

六 丑 落花

　　正单衣试酒，怅客里光阴虚掷。愿春暂留，春归如过翼，一去无迹。为问家何在？夜来风雨，葬楚宫倾国。钗钿堕处遗香泽。乱点桃蹊，轻翻柳陌，多情更谁追惜？但蜂媒蝶使，时叩窗槅。　　东园岑寂，渐蒙笼暗碧。静绕珍丛底，成叹息！长条故惹行客，似牵衣待话，别情无极。残英小，强簪巾帻，终不似一朵钗头颤袅，向人欹侧。漂流处，莫趁潮汐。恐断红尚有相思字，何由见得？

瑞 龙 吟

　　章台路，还见褪粉梅梢，试花桃树。愔愔坊陌人家，定巢燕子，归来旧处。黯凝伫，因念个人痴小，乍窥门户。侵晨浅约宫黄，障风映袖，盈盈笑语。　　前度刘郎重到，访邻寻里，同时歌舞，惟有旧家秋娘，声价如故。吟笺赋笔，犹记燕台句。知谁伴名园露饮，东城闲步，事与孤鸿去。探春尽是伤离意绪，官柳低金缕。归骑晚，纤纤池塘飞雨，断肠院落，一帘风絮。

《六丑》(周邦彦)

邦彦的长调是极负盛名的，那些赞美邦彦的人，都是极力在赞美他的这些长调。他们又喜欢拿邦彦来比拟柳永，至有"周情柳思"之称。其实邦彦的词，喜欢使事，喜欢堆砌，远不如柳永的描写善于铺叙，富有情调。只是在"懂得音乐，喜欢狎妓，爱写儿女之情"的几点上，这两位作者是相同的。

依我看来，作者的长调，实不如他的小词较能代表他的艺术。例如：

伤情怨

枝头风信渐小，看暮鸦飞了。又是黄昏，闭门收返照。江南人去路渺，信未通，愁已先到。怕见孤灯，霜寒催睡早。

玉楼春

玉奁收起新妆了，鬓畔斜枝红袅。浅颦轻笑百般宜，试着春衫犹更好。　　裁金簇翠天机巧，不称野人簪破帽。满头聊插片时狂，顿减十年尘土貌。

又

桃溪不作从容住，秋藕绝来无续处。当时相候赤栏桥，今日独寻黄叶路。　　烟中列岫青无数，雁背夕阳红欲暮。人如风后入江云，情似雨余黏地絮。

《玉楼春》（周邦彦）
——从明刊本《诗馀画谱》

红窗迥

几日来真个醉,不知道窗外乱红已深半指,花影被风摇碎。拥春醒乍起。　有个人人生得济楚,来向耳边问道"今朝醒未"?情性儿慢腾腾地,恼得人又醉。

一落索

眉共春山争秀,可怜长皱。莫将清泪湿花枝,恐花也如人瘦。　情润玉箫闲久,知音稀有。欲知日日倚栏愁,但问取亭前柳。

虞美人

疏篱曲径田家小,云树开清晓。天寒山色有无中,野外一声钟起送孤蓬。　添衣策马寻亭堠,愁抱惟宜酒。菰蒲睡鸭占陂塘,纵被行人惊散又成双。

邦彦的词,有的很雅,有的近俗,大约贵人学士最欢迎他的雅词,市侩妓女则爱他的俗词。

称道邦彦词的真是多。由他们的批评,简直把这位作家抬作天字第一号的词人了:周济《论词杂著》:"美成思力,独绝千古。如颜平原书,虽未臻两晋,而唐初之法,至此大备。后有作者,莫能出其范围矣。"周济又说:"钩勒之妙,无如清真。他人一钩勒便薄,清真愈钩勒愈浑厚。"强焕序《片玉词》说:"美成词抚写物态,曲尽其妙。"陈质斋说:"美成词多用唐人诗语，隐括入律，浑然天成。长调尤善铺叙，富艳精工。词人之甲乙也。"张炎说："美成词浑厚和雅，善于融化诗句。"贺黄公说："周清真词有柳欹花斜之致，沁人肌骨，视淮海不徒娣姒而已。"彭羡门说："美成词如十三女子，玉艳珠鲜，未可以其软媚而少之。"

邦彦词本是值得我们赞美的，但这些批评，却不免过于夸张。如说邦彦喜欢用唐人诗语，实是他作词的大毛病，故刘克庄说："美成颇偷古句。"又如说邦彦的词高出秦观，也是错误。近人王国维说："词之雅郑，在神不在貌。少游虽作艳语，终有品格。方之美成便有淑女与娼妓之别。"《人间词话》。平心而论，邦彦词虽有不少缺点，然才力浑厚，"言情体物，穷极工巧"，终不失为一流作家。若以乐府词方面说，邦彦尤有伟大的造诣。

李清照是乐府词人中最伟大的一个，她能以严格的规律，写成很自然的白话词，其成绩更在周邦彦之上。

清照自号易安居士，济南人。生于神宗元丰七年（一〇八四）。她于文艺，具有慧根，小时候已自不凡了。二十一岁，与大学生赵明诚结婚。这要算是清照一生最美满的时代。由她的词"笑语檀郎，今夜纱橱枕簟凉""怕郎猜道，奴面不如花面好；云鬓斜簪，徒要教郎比并看"，可以看出那时她俩夫妇是在享受最甜蜜的新婚生活。

青春的年华是格外容易消逝的，不知不觉的便把我们女词人的少年送掉了。她四十七岁的那年，她夫妇跟着北宋之亡而南渡。不幸赵明诚即死于那年。

忧患余生的李清照，从此便悲凉以终其残生了。

李清照的《漱玉词》，有人说是婉约派之宗，王士禛语。这是一点也不错的。清照自己是个够温柔的女性，她写出来的自然不是英雄的词，而是儿女的词；不是粗豪的词，而是婉约的词。

清照的词有两个不同的时期。她少年时的词是在北方做的，多半抒写闺中闲情清愁之作；她晚年之词是在南方做的，多半是愁苦的哀吟。前后两个时期的词的情调是完全两个样子的。

李清照
——从清乾隆三十八年（1773）刊本《历朝名媛诗词》插图

我们且举她几首少年时的词作例：

如 梦 令

常记溪亭日暮，沉醉不知归路。兴尽晚回舟，误入藕花深处。争渡，争渡，惊起一滩鸥鹭。

又

昨夜雨疏风骤，浓睡不消残酒。试问卷帘人，却道海棠依旧。知否？知否？应是绿肥红瘦。

一 剪 梅

红藕香残玉簟秋，轻解罗裳，独上兰舟。云中谁寄锦书来？雁字回时，月满西楼。　花自飘零水自流，一种相思，两处闲愁。此情无计可消除，才下眉头，又上心头。

醉花阴　九日

薄雾浓云愁永昼，瑞脑消金兽。佳节又重阳，玉枕纱厨，半夜凉初透。　东篱把酒黄昏后，有暗香盈袖。莫道不消魂，帘卷西风，人比黄花瘦。

清照的词在当时便很有名了的。相传她的丈夫赵明诚也能词，却不甘居清照之下，想胜过她。他把自己苦吟出来的几十首词，插以清照的《重阳醉花阴》词，去给友人陆德夫看，陆德夫玩诵再三，最后指出绝妙的三句"莫道不消魂，帘卷西风，人比黄花瘦"，正是李清照之作。

清照不仅工小词，她的长词也是写得很好的：

凤凰台上忆吹箫

香冷金猊，被翻红浪，起来慵自梳头。任宝奁尘满，日上帘钩。生怕离怀别苦，多少事，欲说还休。新来瘦，非关病酒，不是悲秋。　休休！这回去也，千万遍阳关，也则难留。念武陵人远，烟锁秦楼。惟有楼前流水，应念我终日凝眸。凝眸处，从今又添一段新愁。

《凤凰台上忆吹箫》（李清照）
——从明刊本《诗馀画谱》

声 声 慢

寻寻觅觅，冷冷清清，凄凄惨惨戚戚。乍暖还寒时候，最难将息。三杯两盏淡酒，怎敌他晚来风急？雁过也，正伤心，却是旧时相识。　　满地黄花堆积，憔悴损，而今有谁堪摘？守着窗儿，独自怎生得黑？梧桐更兼细雨，到黄昏点点滴滴。这次第，怎一个愁字了得？

李清照最会写愁情，最会写相思之情，她不但运用辞句很巧妙，而且最长于创造新辞。如"宠柳娇花""绿肥红瘦""清露晨流，新桐初引"，这些句子都是清新奇丽之甚。其《壶中天慢》词云：

萧条庭院，又斜风细雨，重门须闭。宠柳娇花寒食近，种种恼人天气。险韵诗成，扶头酒醒，别是闲滋味。征鸿过尽，万千心事难寄。　　楼上几日春寒，帘垂四面，玉阑干慵倚。被冷香消新梦觉，不许愁人不起。清露晨流，新桐初引，多少游春意。日高烟敛，更看今日晴未？

这首词的意境不能不说是平凡的，然而字句却都是极新鲜的。李清照描写的本领，却是能够把那些用惯了用旧了的浅而且俗的文字，缀成一些极清新鲜丽的词句，这是作者运用文字有特别技巧的地方。

往下，我们再看清照晚年的词：

《声声慢》(李清照)

如 梦 令

谁伴明窗独坐?我共影儿两个。灯尽欲眠时,影也把人抛躲。无那,无那,好个凄凉的我!

武 陵 春

风住尘香花已尽,日晚倦梳头。物是人非事事休,欲语泪先流。　　闻说双溪春尚好,也拟泛轻舟。只恐双溪舴艋舟,载不动许多愁!

浪 淘 沙

帘外五更风,吹梦无踪。画楼重上与谁同?记得玉钗斜拨火,宝篆成空。　　回首紫金峰,雨润烟浓。一江春浪醉醒中。留得罗襟前日泪,弹与征鸿!

我们如明白李清照晚境凄凉的生活,便知道这些词完全是写实的作品。清照的生平,可以说和李后主完全是一样,前半期是喜剧,后半期是悲剧。两人的词也有很多的共同点:李后主不喜欢用典,喜欢用自己造的词句来描写;李清照也不喜欢用典,喜欢用自己造的词句来描写。李后主的词多是用通俗的字句,来表现极深挚的情感;李清照的词也多是用通俗的字句表现极深挚的情感。词家之有二李,真可以说是词史上的双圣哩。

北宋末年的乐府词人,除周邦彦、李清照而外,尚有晁端礼、康与之等,然其作品则尽不逮了。

第四章

宋词（下）

词至南宋，更加紧地繁衍起来。

就词集之流传至今者加以计算：毛晋辑《宋六十一家名词》，北宋只有二十三家，南宋却得三十八家。王鹏运《四印斋汇刻词》于毛刻三十八家之外，又得南宋词三十二家。朱祖谋《彊村丛书》又于王刻之外，复得七十一家。丢开别的刻本不算，单就这三家所刻，南宋词人作集，已有一百四十一家。这还是指遗留下来的专集而言。至于选集，有黄昇的《中兴以来绝妙词选》，始于康与之，终于洪瑹，共八十九家；周密的《绝妙好词选》，始于张孝祥，终于仇选，共一百三十二家，这都是南宋有名的词家，所谓文人的词。至于那优伶歌妓，贩夫走卒的词，还不计算呢。故单就词量数的发达方面讲，北宋比南宋又"瞠乎其后"了。

南宋词何以这样特殊地发达起来呢？

南宋词之有"特殊"的发展，其最大的原因，不能不归功于宋徽宗倡导词学之力。我们知道北宋那些帝王，都是极力提倡礼法道德，厌恶浮华的。柳永的词被黜于仁宗，就是一个最好的例。徽宗自己是一个富有才华，爱好文学的皇帝，他不但会作词，喜欢作词；而且引用词人，召周邦彦为大晟乐正。有了这一个强有力的词的提倡者，把文学的趋向，完全转移到词坛里来了。向来不做词人也做起词来了。后来北宋陷于金，这些词人都跑到南方来了，于以造成南渡词坛的发达。

一　南渡词坛

南宋词最发达的时期，当推南渡时期。

当着北宋词人还没有南渡的时候，那时中原无事，社会升平，他们的生活都是沉醉在笙歌艳舞的繁华里面，他们的作品也都是些"靡靡之音"。不料绮华的好梦是这般容易消逝的，金人鼙鼓动地来，把宋室臣民，赶得仓皇南渡。这时老皇帝被难了，新皇帝只偏安江南，眼望着中原之地，被蹂躏于异族。有血性的人，看了都要难过，都要感慨生哀的。因此，他们的作品都带着一种悲壮感慨的调子。这可以说是南渡词人的词的特征。自然也有例外的。往下我们且依次来诠叙南渡词人的作品吧。

陈与义是宋代大诗人之一。字去非，其先居京兆，后迁洛阳，或谓其先蜀人。自称洛阳陈某，号简斋。他天资卓伟，儿时已能作文，得着很好的文誉。登政和三年上舍甲科，授开德府教授，寻迁大学士，擢符宝郎。南渡后，避乱襄汉，转湖湘，逾岭峤。高宗召为兵部侍郎，后累升擢。绍兴七年，参知政事。（一〇九〇——一一三九）卒时才四十九岁。著有《简斋集》。《宋史》称其"尤长于诗，体物寓兴，清邃纡余，高举横厉，上下陶谢韦柳之间"。其词亦负盛名，所作《无住词》一卷虽只十八首小词，却首首可传。最负盛名的是一首《虞美人》和一首《临江仙》词：

虞 美 人 太光祖席醉中赋

张帆欲去仍搔首，更醉君家酒。吟诗日日待春风，及至桃花开后却匆匆。

歌声频为行人咽，记着尊前雪。明朝酒醒大江流，满载一船离恨向衡州！

临江仙

夜登小阁忆洛中旧游

忆昔午桥桥上饮，坐中多是豪英。长沟流月去无声，杏花疏影里，吹笛到天明。　二十余年如一梦，此身虽在堪惊！闲登小阁看新晴。古今多少事，渔唱起三更。

《简斋集》书影
（清武英殿聚珍版）

此词乃与义南渡后所作,那时少年意气,感慨自多。如《定风波》重阳:

> 九日登高有故常,随晴随雨一传觞。多病题诗无好句,孤负黄花今日十分黄。　　记得眉山文翰老,曾道四时佳节是重阳。江海满前怀古意,谁会阑干三抚独凄凉!

黄昇《花庵词选》称与义的词"可摩坡仙苏轼之垒"。胡仔《苕溪渔隐丛话》亦称其词"清婉奇丽"。方回《瀛奎律髓》说:"以词论,则师道为勉强学步,庭坚为利钝互陈,皆迥非与义之敌矣。"纪昀《四库全书提要》亦称与义的《无住词》为:"吐言天拔,不作柳弹莺娇之态,亦无蔬笋之气。殆于首首可传。"

叶梦得
——从清道光九年(1829)长洲顾氏刊本《吴郡名贤图传赞》

叶梦得是一个富有经济才的人。字少蕴,苏州吴县人。他幼年嗜学,喜谈论,登绍圣四年进士第,调丹阳尉。徽宗时,以蔡京荐,累迁翰林学士,擢升龙图阁直学士。南渡后,迁翰林学士兼侍读,除户部尚书。晚年请老,提举临安府洞霄宫。以崇信军节度使致

仕。卒于湖州，赠检校少保。（一〇七七——一一四八）

梦得自号石林居士，著有《石林诗话》，颇不满意于苏黄一派的诗。但他的词却很有苏轼那一派豪放的风味：

满 庭 芳

枫落吴江，扁舟摇荡，暮山斜照催晴。此心长在，秋水共澄明。底事经年易判？惊遗恨，悄悄难平。临风处，佳人万里，霜笛与谁横？　　长城谁敢犯？知君五字，元有诗声。笑茅舍何时归此真成？丝鬓朱颜老尽，柴居在，行即终行。聊相待，狂唱醉舞，虽老未忘情。

水调歌头

霜降碧天静，秋事促西风。寒声隐地初听，中夜入梧桐。起瞰高城四顾，寥落关河千里，一醉与君同。叠鼓闹清晓，飞骑引雕弓。　　岁将晚，客争笑，问衰翁：平生豪气安在？走马为谁雄？何似当筵虎士，挥手弦声响处，双雁落遥空。老矣真堪惜，回首望云中。

关注序叶梦得《石林词》说："其词婉丽，卓有温李之风。晚岁落其华而实之，能于简淡时出雄杰，合处不减靖节、东坡之妙。"毛晋也说："《石林词》卓有林下风，不作柔语殢人，真词家逸品也。"

他的小词也有写得很好的：

《念奴娇》（叶梦得）
——从明刊本《诗馀画谱》

蝶恋花

薄雪消时春已半,踏遍苍苔,手挽花枝看。一缕游丝牵不断,多情更觉蜂儿乱。　　尽日平波回远岸,倒影浮光,却记冰初泮。酒力无多吹易散,余寒向晚风惊慢。

菩萨蛮 湖光亭晚景

平波不尽蒹葭远,清霜半落沙痕浅。烟树晚微茫,孤鸿下夕阳。　　梅花消息近,试向南枝问。记得水边春,江南别后人。

叶梦得词有"格"而乏"韵",不能不说是一个很大的缺点,拿他来比陶潜,实在是不伦不类,但在南渡的词人中,总要算一个很有气魄的词人。

范成大,字致能,吴郡人。生于北宋钦宗靖康元年(一一二六),卒于南宋光宗绍熙四年(一一九三)。绍兴中进士。累官权吏部尚书,参知政事。寻帅金陵,以病请闲。进资政殿学士,领洞霄

范成大
——从清道光九年(1829)长洲顾氏刊本《吴郡名贤图传赞》

宫，加大学士。死时年六十八。（一一二六——一一九三）

他是南宋大诗人之一，是写田园山水的圣手。他的词，特别是小词，很长于描绘自然。

鹧鸪天

嫩绿重重看得成，曲阑幽槛小红英。酴醾架上蜂儿闹，杨柳行间燕子轻。　春婉娩，客飘零，残花残酒片时清。一杯且买明朝事，送了斜阳月又生。

醉落魂

栖乌飞绝，绛河绿雾星明灭。烧香曳簟眠清樾，花影吹笙，满地淡黄月。　好风醉竹声如雪，昭华三弄临风咽，鬓丝撩乱纶巾折。凉满北窗，休共软红说！

秦楼月

窗纱薄，日穿红幔催梳掠。催梳掠，新晴天气，画檐闻鹊。　海棠逗晓都开却，小云先开阑干角。阑干角，杨花满地，夜来风恶。

范成大书法

范成大的词很有飘逸高妙的境界，如其诗，亦如其人。因为作者在政治上生活最适意，生平没有甚么失意的悲剧，他的心灵永远是闲适的，所以他的词写出来也永远是这样有幽逸之趣。

　　向子䛏，字伯恭，临江人。以恩补官。南渡初，历徽猷阁直学士，罢知平江府。金使议和将入境，子䛏不肯拜金诏，忤秦桧意，乃致仕，卜居于清江五柳坊杨遵道之别墅，号所居曰芗林，自称芗林居士。（一〇八五——一一五二）

　　子䛏的词有两个不同的时期，前期是在江北的旧词，后期是在江南的新词。当北宋的末年，中原虽已危机四伏，但表面上仍是太平景象。恰好徽宗又是一位享乐主义的皇帝，笙歌艳舞，一味追逐繁华。那时向子䛏少年显贵，不知凄凉感慨为何物，所以他的作品都是一些曼艳的小词：

浣 溪 纱

　　曾是襄王梦里仙，娇痴恰恰破瓜年，芳心已解品朱弦。　　浅浅笑时双靥媚，盈盈立处绿云偏，称人心事尽人怜。

相 见 欢

　　亭亭秋水芙蓉，翠围中，又是一年风露笑相逢。天机畔，云锦乱，思无穷。路隔银河，犹解嫁西风。

梅 花 引　戏代李师明作

　　花如颊，梅如叶，小时笑弄阶前月。最盈盈，最惺惺,闲愁未识,无计定深情。　十年空省春风面,花落花开不相见。要相逢,得相逢,须信灵犀,中自有心通。

这时的向子諲完全是沉靡在绮华的好梦里面。及南渡后,一方面国破家亡之惨,很悲哀的刺激他的心灵;同时,他又指挥战场,身经苦战,在金人围困的城里死守很久,在乱军中逃出来几乎被杀。这许多痛苦生活,把他训练成一个慷慨豪放的人生;所以他南渡以后的词,也变成慷慨豪放的风调。胡寅序《酒边词》,至以子諲列之于苏轼一派。

向镐是南渡词人之一,他的生平事迹无可考。朱彝尊《词综》记他:"字丰之,河内人,有《乐斋词》二卷。"今其《乐斋词》已大部分散佚了。从残余下来的向镐词中,我们能够看出他的作品的艺术,是有高贵的价值的:

如梦令

梦断绿窗莺语,消遣客愁无处。小槛俯青郊,恨满楚江南路。归去,归去,花落一川烟雨。

又

楼上千峰翠巘,楼下一湾清浅。宝篆酒醒时,枕上月华如练。留恋,留恋,明日水村烟岸。

又

　　野店几杯空酒，醉里两眉长皱。已自不成眠，那更酒醒时候！知否？知否？直是为他消瘦。

向镐在当代既不是文人学士之列，又没有做过大官，故其名不显。但他的词的好处，却是无法否认的。虽散佚甚多，终不至于失传。不用夸张的话来形容，"直致近俗"四个字，便是向镐词最好的批评。兹再举他的一首词作例：

朝中措

　　平生此地几经过，家近奈情何？长记月斜风劲，小舟犹渡烟波。　　而今老大，欢消意减，只有愁多。不似旧时心性，夜长听彻渔歌。

周紫芝，字少隐，宣城人。举进士，历任枢秘院编修，右司员外郎，知兴国军。他曾经从张耒、李之仪学诗，他的词学晏几道。紫芝自云："予少时酷喜小晏词。"纪昀《四库全书提要》谓："紫芝填词，本从晏几道入，晚乃刊除秾丽，自为一格。"其词如：

清平乐

　　烟鬟敛翠，柳下门初闭。门外一川风细细，沙上暝禽飞起。　　今宵水畔楼边，风光宛似当年。月到旧时明处,共谁同倚栏干?

又
青春欲暮,柳下将飞絮。月到阶前梅子树,啼得杜鹃飞去。　　人归不掩朱门,一成过了黄昏。只有琐窗红蜡,照人犹自消魂。

秦楼月
东风歇,香尘满院花如雪。花如雪,看看又是黄昏时节。　　无言独自添香鸭,相思情绪无人说。无人说,照人只有西楼斜月。

生查子
春寒入翠帷,月淡云来去。院落半晴天,风撼梨花树。　　人醉掩金铺,闲倚秋千柱。满眼是相思,无说相思处。

周紫芝的词终究不曾脱掉小晏词的风调,尤其是他写的几首《鹧鸪天》词,几乎令人疑是《小山集》里面的作品:

鹧鸪天
花褪残红绿满枝,嫩寒犹透薄罗衣。池塘雨细双鸳睡,杨柳风轻小燕飞。　　人别后,酒醒时,午窗残梦子规啼。尊前心事谁人问,花底闲愁春又归!

《鹧鸪天》(周紫芝)

又

一点残红欲尽时,乍凉秋气满屏帏。梧桐叶上三更雨,叶叶声声是别离。　　调宝瑟,拨金猊,那时同唱《鹧鸪词》。如今风雨西楼夜,不听清歌也泪垂!

孙竞序《竹坡词》,称其"清丽婉曲"。他的诗在南宋也有名。

陈克,字子高,临海人。绍兴中为敕令所删定官。自号赤城居士,侨居金陵。他遗留下来的一卷《赤城词》,虽然篇幅不多,每一首都是值得我们玩味的。作者本来是一个诗人,李庚称他的诗很有"情致",但远不如他的词之工。我们随便举他的几首词作例:

好事近　石亭探梅

寻遍石亭春,点点暮山明灭。竹外小溪深处,倚一枝寒月。　　淡云疏雨若无情,得折便须折。醉帽风鬟归去,有余香愁绝。

谒金门

春寂寂,绿暗溪南溪北。溪水沉沉天一色,鸟飞春树黑。　　肠断小楼吹笛,醉里看朱成碧。愁满眼前遮不得,可怜双鬓白!

菩萨蛮

绿芜墙绕青苔院,中庭日淡芭蕉卷。蝴蝶上阶飞,烘帘自在垂。　玉钩双语燕,宝甃杨花转。几处簸钱声,绿窗春睡轻。

临江仙

枕帐依依残梦,斋房忽忽余酲。薄衣团扇绕阶行。曲阑幽树,看得绿阴成。　檐雨为谁凝咽?林花似我飘零。微吟休作断肠声。流莺百啭,解道此时情。

陈克是一个多情善感的词人,眼前的一切都足以引起他的悲哀。如:"余香""吹笛""麝冷""灯昏""檐雨""林花",都是他哀吟的资料。他的词表现想像力是很强的。

他不仅愁词写得好,艳词也写得好:

浣溪纱

淡墨花枝掩薄罗,嫩蓝裙子窣湘波,水晶新样碾风荷。　问着似羞还似恶,恼来成笑不成歌,芙蓉帐里奈君何。

谒金门

春漏促,谁见两人心曲。罨画屏风银蜡烛,泪珠红簌簌。　懊恼欢娱不足,只许梦中相逐。今夜月明何处宿，画桥春水绿。

周济《论词杂著》对于陈克有很夸张的批评："子高不甚有重名，然格韵绝高，昔人谓晏周之流亚。晏氏父子，俱非其敌。以方美成，则又拟于不伦。其温韦高弟乎？"

陈克实在是南宋一个可贵的词家，但说晏殊、晏几道的词都比不上他，则未免奖饰过分了些吧。

吕渭老，一作滨老，字圣求，嘉兴人。他南渡后的诗，感慨极深，如"爱国忧身到白头，此生风雨一沙鸥"；又"尚喜山河归帝子，可怜麋鹿入王宫"。可是，他的词却失掉这种感慨了。在他的《圣求词》里面有时还可以发现极曼艳的词，例如："裙长步渐迟，扇薄羞难掩。袿褪倚郎肩，问路眉先敛。踏青南陌回，倚醉开娇靥。今夜更同行，忍笑匀妆脸。"《生查子》。不过这种词不能代表吕渭老完全的作风。杨慎《词品》称其"《望海潮》《醉蓬莱》《扑蝴蝶近》《惜分钗》《薄幸》《选冠子》《百宜娇》等阕，佳处不减少游；《东风第一枝》《咏梅》。不减东坡之《绿毛幺凤》"。《惜分钗》乃作者自制新谱，其词最足以代表吕渭老：

春将半，莺声乱，柳丝拂马花迎面。小堂风，暮楼钟，草色连云，暝色连空，重重！　秋千畔，何人见？宝钗斜照春妆浅。酒霞红，与谁同？试问别来，近日情悰：忡忡！

赵师秀称渭老词:"婉媚深窈,视美成耆卿,伯仲耳。"我们且不必拿渭老去比美成耆卿,或是比秦少游、苏东坡,那是无多意义的比较;总之渭老的词的情致是很深的。他又喜欢用白话来写词,而且写得好:

蝶恋花

花枝撩人红入眼,可是东君要人肠寸断?欲诉深情春不管,风枝雨叶空撩乱。　　谩插一枝飞一盏,小赏幽期,破我平生愿。珍约未成春又短,但凭蝴蝶传深怨。

小重山

雨洗檐花湿画帘,知他因甚地,瘦厌厌?玉人风味似冰蟾,愁不见,烟雾晓来添。　　烦恼旧时谙,新来一段事,未心甘。满怀离绪过春蚕。灯残也,谁见我眉尖!

一落索

蝉带残声柳别树,晚凉房户。秋风有意染黄花,下几点凄凉雨。　　渺渺双鸿飞去,乱云深处。一山红叶为谁愁?供不尽相思句。

吕渭老的小词长词都写得很好。

蔡伸,字伸道,莆田人。宣和中,官彭城倅,历左中大夫。他曾与向子諲同官彭城，所以唱酬之作不少。纪昀《四库全书提要》称："伸词固逊子諲，而才致笔力，亦略相伯仲。"其实，以我们的眼光看来，蔡伸词的缺点只是格调不高，他的才华较子諲还怕要差胜一等。词例：

卜 算 子

前度月圆时，月下相携手。今夜天边月又圆，夜色如清昼。　　风月浑依旧，水馆空回首。明夜归来试问伊：曾解相思否？

《友古词》书影（蔡伸著）

西 地 锦

寂寞悲秋怀抱，掩重门悄悄。清风皓月，朱阑画阁，双鸳池沼。　　不忍今宵重到，惹离愁多少？蓬山路杳，蓝桥信阻，黄花空老。

长 相 思

我心坚，你心坚，各自心坚石也穿，谁言相见难？
小窗前，月婵娟，玉困花柔并枕眠，今宵人月圆。

相 见 欢

楼前流水悠悠,驻行舟,满目寒云衰草使人愁!
多少恨?多少泪?谩迟留。何似蓦然拚舍去来休。

昭 君 怨

一曲云和松响,多少离愁心上?寂寞掩屏帷,泪沾衣!最是销魂处,夜夜绮窗风雨。风雨伴愁眠,夜如年!

苍 梧 谣

天!休使圆蟾照客眠。人何在?桂影自婵娟。

这些词都写得很好。大概作者受欧阳修、晏几道的词的影响很不少,不喜欢使事用典,而清新绰约,情致嫣然。实南渡词人中的健者。

赵长卿,自号仙源居士,宋之宗室。他的词有《惜香乐府》十卷。毛晋称其:"不栖志繁华,独安心风雅……虽

《惜香乐府》书影(明刻本)

未敢与南唐二主相伯仲,方之徽宗,则迥出云霄矣。"长卿的词自是南宋一大家,毛晋所称是不错的;但说比徽宗"迥出云霄",乃是荒谬之论。其实,长卿正不必压倒徽宗,才占着词坛上名贵的地位。我们试读他的词:

画 堂 春 长新亭

小亭烟柳水溶溶,野花白白红红。恼人池上晚来风,吹损春容。　又是清明天气,当年小院相逢。凭栏幽思几千重,残杏香中。

清 平 乐

紫箫声断,窗底春愁乱。试著春衫羞自看,窄似年时一半。　一春长病厌厌,新来愁病重添。香冷倦熏金鸭,日高不卷珠帘。

长 相 思

欲愁眉,恨依依,肠断关情怨别离,云中过雁悲。瘦因谁?病因谁?屈指无言忖后期,此时人怎知?

卜 算 子 亭上纳凉

新月挂林梢,暗水鸣枯沼。时见疏星落画檐,几点流萤小。　归意了无多,故作连环绕。欲寄新诗问采菱,水阔烟波渺。

蝶恋花 登楼晚望闻歌声清婉而作

闲上西楼供远望,一曲新声,巧媚,谁家唱?独倚危栏听半晌,长江快泻澄无浪。　清泪恰同春水涨,拭尽重流,触事如何向?不觉黄昏灯已上,旧愁还是新愁样。

临江仙

过尽征鸿来尽雁,故园消息茫然。一春憔悴有谁怜?怀家寒食夜,中酒落花天。　见说江头春浪渺,殷勤欲送归船。别来此处最萦牵,短蓬南浦雨,疏柳断桥烟。

长卿也是一位白话词人,他大约没有做过官,得以尽情去享受自己的生活,尽情去做词,所以写下来了十卷之多的《惜香乐府》,在南渡词人中要算是词成绩最多的一个。

张元幹,字仲宗,别号芦川居士,长乐人。一作三山人。绍兴中因胡铨上书乞斩秦桧被谪,元幹作《贺新郎》词送之,坐是除名。元幹在当时本是李纲主战那一派的人,秦桧当国后,他们满腔爱国伤时的忿气,无处发泄,恰好遇着胡铨为秦桧的事情被谪,他便写了一首长词送胡铨,把自己怀

张元幹

念故国,感慨山河,郁悒不平之气,毫无顾忌的尽情抒写出来:

贺新郎 送胡邦衡待制赴衡州

梦绕神州路,怅秋风,连营画角,故宫离黍。底事昆仑倾砥柱?九地黄流乱注,聚万落千村狐兔。天意从来高难问,况人情老易悲难诉。更南浦,送君去。　　凉生暗柳催残暑,耿斜河,疏星淡月,断云微度。万里江山知何处?回首对床夜语。雁不到,书成谁与?月尽青天怀今古。肯儿曹,恩怨相尔汝。举大白,听《金缕》。

这首词虽不是元幹最好的作品,而悲壮慷慨,最足以象征元幹的人格。至于代表作者在艺术方面成功的词,我们要另举几首作例:

菩萨蛮

拍堤绿涨桃花水,画船稳泛东风里。丝雨湿苔钱,浅寒生禁烟。　　江山留不住,却载笙歌去。醉倚玉搔头,几曾知旅愁。

又

春来春去催人老,老夫争肯输年少。醉后少年狂,白髭殊未妨。　　插花还起舞,管领风光处。把酒共留春,莫教花笑人。

《石州慢》（张元幹）
——从明刊本《诗馀画谱》

如 梦 令

卧看西湖烟渚,绿盖红妆无数。帘卷曲栏风,拂面荷香吹雨。归去,归去,笑损花边鸥鹭。

踏 莎 行 别意

芳草平沙,斜阳远树,无情桃李江头渡。醉来扶上木兰舟,将愁不去将人去。　薄劣东风,夭斜飞絮,明朝重觅吹笙路。碧云香里小楼空,春光已到销魂处。

清 平 乐

明珠翠羽,小绾同心缕。好去吴淞江上路,寄与双鱼尺素。　兰桡飞取归来,愁眉待得伊开。相见嫣然一笑,眼波先入郎怀。

毛晋评元幹词云:"人称其长于悲愤,及读《花庵》《草堂》所选,又极妩秀之致,真堪与《片玉》《白石》,并垂不朽。"

张孝祥,字安国,号于湖,原为蜀之简州人。徙居历阳乌江,亦称乌江人。生于南宋绍兴初年。少负才华。绍兴二十四年廷对第一,授承事郎,因忤秦桧,屡遭迁黜。及桧卒,始得隆遇。累官中书舍人直学士院,兼督府参赞军事,领建康留守。寻以荆南湖北路安抚使,进显谟殿直学士。孝宗初年卒。时方三十六岁,故孝宗有"用才不尽"之叹。其词在当代很负盛名，为朱敦儒所惊赏。《朝野遗记》称其在建康留守席上赋《六州歌头》一阕，感愤淋漓，主人为之罢席而入。其词云：

> 长淮望断，关塞莽然平。征尘暗，霜风劲，悄边声，黯销凝。追想当年事，殆天数，非人力。洙泗上，弦歌地，亦膻腥。隔水毡乡，落日牛羊下，区脱纵横。看名王宵猎，骑火一川明。笳鼓悲鸣遣人惊。　念腰间箭，匣中剑，空埃蠹，竟何成？时易失，心徒壮，岁将零。渺神京。干羽方怀远，静烽燧，且休兵。冠盖使，纷驰骛，若为情。闻道中原遗老，常南望，翠葆霓旌。使行人到此，忠愤气填膺，有泪如倾！

作者是一位极力主张北伐的人，此词忠愤慷慨，适足以代表其人格与怀抱。魏了翁称孝祥声名著于湖湘，过洞庭赋《念奴娇》，在集中最为杰特。其词云：

张孝祥书法

《念奴娇》(张孝祥)
——从明刊本《诗馀画谱》

洞庭青草，近中秋，更无一点风色。玉界琼田三万顷，著我扁舟一叶。素月分辉，明河共影，表里俱澄彻。悠然心会，妙处难与君说。　应念岭表经年，孤光自照，肝胆皆冰雪。短鬓萧疏襟袖冷，稳泛沧溟空阔。尽吸西江，细斟北斗，万象为宾客。叩舷独啸，今夕不知何夕？

孝祥的小词又是一种风味：

西 江 月 丹阳湖

问讯湖边春色，重来又是三年。东风吹我过湖船，杨柳丝丝拂面。　世路于今已惯，此心到处悠然。寒光亭下水连天，飞起沙鸥一片。

眼 儿 媚

晓来江上荻花秋，做弄个离愁：半竿残日，两行珠泪，一叶扁舟。　须知此去应难遇，直待醉方休。如今眼底，明朝心上，后日眉头。

汤衡序孝祥的词说："于湖平昔为词，未尝著稿，笔酣兴健，顷刻即成。"我们读过《于湖词》，也觉得淋漓奔放，一气呵成，是孝祥词的优点。其缺点则在过于疏忽文字上的技巧。

以上共选录词人十二家。此外尚有最重要的词人朱敦儒、辛弃疾、陆游、刘过等,则在下面另有较详细的叙述。至于不甚重要的作者,则放在《宋词人补志》一段去讲了。

二 南宋的白话词

南宋偏安已定后的词坛,显然形成两个不相同的词派,一派是专作白话词,一派是专作古典词。南宋的前期,是白话词发展的时期;南宋的后期,是古典词盛行的时期。

请先讲南宋的白话词。

这一派的词,是继承苏轼的作风而来的。其好处就是能够用活泼的文字,来表现作者的真性情。用词而不为词所使。使每一个词人的个性风格,都能在词里面活绘出来。这,一方面把词的应用的范围扩大了,一方面又把词的文学价值抬高了。

南宋的白话词人,最珍贵的要算朱敦儒、辛弃疾、陆游、刘过、刘克庄、朱淑贞诸人。

首先我们要介绍《樵歌》的作者朱敦儒。

敦儒字希真,河南洛阳人。他的生卒年都不可考,据胡适的考证,他大概生于神宗元丰初年,约当一〇八〇年;死于孝宗淳熙初年,约当一一七五年。他少年时,志行很高,以布衣而负朝野的重望。靖康中,被召至京师,朝廷给他以学官的位置,他说:"麋鹿之性,自乐闲旷,爵禄非所愿也。"辞还山。南渡后,高宗诏举草泽才德之士,又有人荐朱敦儒,说是"有文武才",高宗召他,他又辞不就。避乱客南雄州。后来经过好几次的征召,他的老朋友也劝他去辅翼皇帝做"中兴"的事业,他才动心,才去应征。赐进士出身,为秘书省正字,又兼兵部郎官。迁两浙东路提点刑狱。后以"专立异论"的罪状,为谏议大夫汪勃所劾,遂遭罢免。绍兴十九年(一一四九)上疏乞归。秦桧当国的时候,喜用文人,复除敦儒为鸿胪少卿。桧死后,敦儒也被废了。评朱敦儒的人,往往讥其晚节不终。其实朱敦儒的个人,实在是名利心很淡的,从他的词处处都可以看得出来。

鹧 鸪 天

我是清都山水郎,天教懒慢带疏狂。曾批给露支风敕,累奏留云借月章。　　诗万首,酒千觞,几曾着眼看侯王?玉楼金阙慵归去,且插梅花醉洛阳。

朝 中 措

先生筇杖是生涯,挑月更担花。把住都无憎爱,放行总是烟霞。　　飘然归去,旗亭问酒,萧寺寻茶。恰似黄鹂无定,不知飞到谁家?

好 事 近

渔父长身来,只共钓竿相识。随意转船回棹,似飞空无迹。　　芦花开落任浮生,长醉是良策。昨夜一江风雨,都不曾听得。

又

猛向这边来，得个信音端的。天与一轮钓线，领烟波千亿。　　红尘今古转船头，鸥鹭已陈迹。不受世间拘束，任东西南北。

好了，不再举例了，像这样的词在朱敦儒的《樵歌》里面真是不知多少，处处都表现作者的性格是浪漫的，是任性的，是无拘无束的。我们明白了作者是这一种闲散诗人的性格，然后才能够进而赏鉴他的词。

《樵歌》的好处，简言之，就是白话的好处。

在北宋的词人中，也有不少会写白话词的，如欧阳修、苏轼们都常常写近乎白话的词，但总嫌文雅气太重。只有一个柳永是专门写白话词的。但他作词喜欢写长调，过于铺叙，人家都嫌他风调不高。在宋人中一方面能用纯粹的白话来写词，同时词的风调又高的，怕只有朱敦儒和辛弃疾两人吧。辛弃疾不免用典使事，有时还要掉掉书袋；朱敦儒则专写纯粹的白话词：

柳　枝

江南岸，柳枝；江北岸，柳枝；折送行人无尽时，恨分离，柳枝。　　酒一杯，柳枝；泪双垂，柳枝；君到长安百事违，几时归？柳枝。

敦儒的长调，不很写得好，小词则多杰作。

如梦令

一夜秋风秋雨,客恨客愁无数。我是卧云人,悔到红尘深处。难住,难住,拂袖青衫归去。

相见欢

泷州几番清秋,许多愁!叹我等闲白了少年头!人间事,如何是?去来休!自是不归;归去有谁留?

好事近

摇首出红尘,醒醉更无时节。活计绿蓑青笠,惯披霜冲雪。　晚来风定钓丝闲,上下是新月。千里水天一色,看孤鸿明灭。

临江仙

生长西都逢化日,行歌不记流年。花间相过,酒家眠;乘风游二室,弄雪过三川。　莫笑衰颜双鬓改,自家风味依然。碧潭明月水中天。谁闲如老子,不肯作神仙。

朱敦儒一味是享受他那种潇洒玩世的生活,他的词自然也是那一套味儿。可是,我们的词人,不幸生在这个大变乱时代,有时,当他想到中原沦于异族,故乡不可复归的时候,也不免引起他无边的感慨来:

相 见 欢

金陵城上西楼,倚清秋,万里夕阳垂地大江流。中原乱,簪缨散,几时收?试倩悲风,吹泪过扬州。

桃源忆故人

西楼几日无人到,依旧红围绿绕。楼下落花谁扫?不见长安道。 碧云望断无音耗,倚遍栏干残照。试问泪弹多少?湿遍楼前草!

采 桑 子 彭浪矶

扁舟去作江南客,旅雁孤云,万里烟尘,回首中原泪满巾。 碧山对晚汀洲冷,枫叶芦根,日落波平,愁损辞乡去国人。

这种性质的词在《樵歌》里面诚然是不多,但很可以代表作者一个时期的作风。

敦儒的词,曾经被许多词论家称赞的。黄昇《花庵词选》说:"希真京都名士,词章擅名,天资旷远,有神仙风致。"汪叔耕称《樵歌》:"多尘外之想,虽杂以微尘,而其清气自不可没。"近人胡适说:"词中之有《樵歌》,很像诗之有《击壤集》。邵雍的诗集。但以文学的价值而论,朱敦儒远胜邵雍了。将他比陶潜,或更确切吧?"《词选》。

现在我们要讲到南宋的白话大词家辛弃疾。

王国维在他的《人间词话》评辛弃疾说："南宋词人，白石姜夔。有格而无情，剑南陆游。有气而乏韵，其堪与北宋人颉颃者，惟一幼安辛弃疾。可耳。"王氏的批评，似乎还不能使我们十分满意，辛弃疾不但是南宋第一大词人，在全宋的词人中，也要算最伟大的作家，岂仅"与北宋人颉颃"而已。

辛弃疾，字幼安，号稼轩，济南历城人。生于宋高宗绍兴十年（一一四〇），那时宋室已经南渡十余年，造成偏安之局了。弃疾是在金人统治之下生长的，小时与党怀英同学，人称"辛党"。后来党留事金，弃疾则归南。那正是他二十一岁的时候，适金主亮大败北返，被杀，耿京在山东起兵，自称天平节度使，节制山东、河北诸军，用弃疾掌书记，从此我们这位少年英雄的事业便开始了。有一次，一个被弃疾招抚来归耿京的僧端义，一夕忽窃印而逃，耿京吓得惶恐无状，欲杀弃疾。弃疾立即限期追斩僧端义以复命。这件事获得耿京的最大信仰。后来弃疾劝耿京归附南宋，耿京便派他奉表归南，不幸这时耿京忽为其部下张安国所杀以降金，弃疾驰返海州，立即聚集旧部，夜袭金营，生擒张安国回来，戮之于市。这件事又受高宗的激赏，差他为江阴签判。从这时起他做了十几年安定的官，到四十岁的时候，他已经做到湖南安抚使了。那时正湖湘盗起，声势浩大，孝宗命他去讨抚。他依次剿杀了赖文政诸大盗。于时，弃疾便设计创设飞虎营，以屏障东南半壁。这件事经过了许多的反对，而且破坏，孝宗竟降了金字牌来阻止的诏令。弃疾乃不顾君命，以最敏捷的手段，在最短时期，招集步军二千人，马军五百人，成功他的飞虎营。军成，雄镇一方，为江上诸军之冠。后来，弃疾"绘图缴进"，孝宗也没有话说。

他在江西做安抚使的时候，恰遇江右大饥，他也用很简单的方法救济了多数的民众。朱熹称赞他"虽只粗法，便有方略"。

他和陈同甫与朱熹都很要好，同甫是常受他接济的。朱熹死的时候，"伪学禁方严，门生故旧至无送葬者。弃疾为文往哭之曰：'所不朽者，垂万世名。孰谓公死？凛凛犹生！'"《宋史》四百零一卷《本传》。我们知道辛弃疾是充满了英雄思想的人，虽一级一级的升做高官，但他是不愿意老守着偏安的局面的，他和岳飞辈一样的抱着恢复中原直捣黄龙的宏愿，所以韩侂胄倡议伐金，他是最赞成的一个。不幸弃疾这时已经很老了，六十多岁的老头子了，再不能去冲锋陷阵了，只有抑郁无聊，只有感慨生哀，只有将心头沉痛苍凉之感，抒之于词。我们读他的《鹧鸪天》：

> 壮岁旌旗拥万夫，锦襜突骑渡江初。燕兵夜娖银胡䩮，汉箭朝飞金仆姑。　　追往事，叹今吾！春风不染白髭须。却将万字平戎策，换得东家种树书。

哦！在这首词里面，包涵了这位老英雄多少青年回忆的哀感！可是，"春风不染白髭须"，老终归是老了。弃疾死时，正是韩侂胄的北伐军败后，主和的人杀了韩侂胄的头去向金人求和的那年（一二〇七），他身后的恩荣都被主张北伐的关系剥削了。直到宋末德祐初年，朝廷始允许谢枋得的请求，追赠少师，谥忠敏。

因为辛弃疾是一个英雄豪迈的个性,所以他的词也是豪放肆溢。梨庄说:"稼轩当弱宋末造,负管乐之才,不能尽展其用,一腔忠愤,无处发泄,故其悲歌慷慨抑郁无聊之气,一寄之于词。"这是不错的,辛弃疾的词虽不必全部都是抒写忠愤之作,但其作品,很多是追怀往事,哀感今朝的悲歌,例如:

破 阵 子 为陈同甫赋壮词以寄之

醉里挑灯看剑,梦回吹角连营。八百里分麾下炙,五十弦翻塞外声:沙场秋点兵。 马作的卢飞快,弓如霹雳弦惊。了却君王天下事,赢得生前身后名;可怜白发生!

永 遇 乐 京口北固亭怀古

千古江山,英雄无觅孙仲谋处。舞榭歌台,风流总被雨打风吹去。斜阳草树,寻常巷陌,人道寄奴曾住。想当年,金戈铁马,气吞万里如虎。 元嘉草草,封狼居胥,赢得仓皇北顾。四十三年,望中犹记灯火扬州路。可堪回首?佛狸祠下,一片神鸦社鼓。凭谁问:廉颇老矣,尚能饭否?

贺 新 郎 别茂嘉十二弟

绿树听鹈鴂;更那堪,鹧鸪声住,杜鹃声切。啼到春归无啼处,苦恨芳菲都歇。算未抵,人间离别。马上琵琶关塞黑,更长门翠辇辞金阙。看燕燕,送归妾。 将军百战身名裂,向河梁,回头万里,故人长绝。易水萧萧

《永遇乐·京口北固亭怀古》（辛弃疾）

西风冷,满座衣冠似雪。正壮士悲歌未彻。啼鸟还知如许恨,料不啼清泪长啼血。谁与我,醉明月?

这里的词,那一首不是缅怀旧事?那一首不是感慨生哀?尤其是《永遇乐》的"元嘉草草",很明显的攻击南宋偏安之错误,很坦白的说出南宋君主的昏庸,没有以此贾祸,总算是万幸呢。其实,辛弃疾也未尝不知这种词要犯侮君之罪,但当他无限哀感,无以自遣其情的时候,便不知不觉地写下来了。

辛弃疾的长词,当怀古的时候,往往是激扬奋厉;当抒情的时候,又往往悱恻凄苦,充满了殉情主义的倾向:

摸 鱼 儿

更能消,几番风雨,匆匆春又归去。惜春长怕花开早,何况落红无数!春且住,见说道,天涯芳草无归路。怨春不语,算只有殷勤画檐蛛网,尽日惹飞絮。　　长门事,准拟佳期又误。蛾眉曾有人妒;千金纵买相如赋,脉脉此情谁诉?君莫舞;君不见玉环飞燕皆尘土。闲愁最苦,休去倚危栏,斜阳正在烟柳断肠处。

祝英台近 晚春

宝钗分,桃叶渡,烟柳暗南浦。怕上层楼,十日九风雨。断肠片片飞红,都无人管;更谁劝,啼莺声住?　　鬓边觑;试把花卜归期,才簪又重数。罗帐灯昏,哽咽梦中语:"是他春带愁来。春归何处?却不解带将愁去!"

沈谦说:"稼轩词以激扬奋厉为工,至'宝钗分,桃叶渡'一曲,昵狎温柔,魂销意尽,才人技俩,真不可测!"

辛弃疾原是一个文人。他虽做了几件英雄事业,做了高官,但他没有功利观念,是一个视富贵如浮名,功名如尘土的文人,是一个爱自由,爱狂放,爱浪漫的文人。他最喜欢,无拘无束,游山游水,什么都不顾,什么都不管,做一个羲皇以上的人。他这种浪漫生活态度,在他的词里面到处表露出来:

贺 新 郎

甚矣吾衰矣!怅平生交游,只今余几?白发空余三千丈,一笑人间万事,问何物,能令公喜?我见青山多妩媚,料青山见我应如是。情与貌,略相似。　一尊搔首东窗里,想渊明《停云》诗就,此时风味。江左沉酣求名者,岂识浊醪妙理?回首叫,云飞风起。不恨古人吾不见,恨古人不见吾狂耳。知我者二三子。

沁 园 春

杯,汝前来!老子今朝,点检形骸:甚长年抱渴,咽如焦釜;于今喜睡,气似奔雷。汝说,刘伶,古今达者,醉后何妨死便埋?浑如许,叹你于知己,真少恩哉!更凭歌舞为媒,算合作人间鸩毒猜。况怨无大小,生于所爱;物无美恶,过则为灾。与汝成言:勿留!亟退!吾力犹能肆汝杯!杯再拜。道:"麾之即去,有召须来。"

《金菊对芙蓉》(辛弃疾)
——从明刊本《诗馀画谱》

这样狂妄纵放的作品,不但在词里面稀有,在全部的中国文学里面这种作品也是不多。我们所赏鉴的,是这种作品能够表现作者一个活泼淋漓的个性出来。并且试用游戏的态度来写作品,打破了必以庄严的态度来创作文学的信念,让我们知道文学的领域实在很大,可以有好多趣味不同的描写,并不一定限于道德的范畴。弃疾的生活有那末繁复,他的词的描写也有那末繁复:他有英雄气壮的词,也有儿女情长的词;有血和泪的词,也有滑稽游戏的词;有壮烈的金戈铁马的词,也有悠淡的田园即景的词。特别是这种游戏滑稽的词,古人似多不曾那样去写过。辛弃疾在这方面有最大的成功,我们且看他的写法:

夜 游 宫 苦俗客

几个相知可喜,才厮见,说山说水。颠倒烂熟只道是。怎奈何,一回说,一回美。　　有个尖新的,说底话,非名即利。说的口干罪过你!且不罪,俺略起,去洗耳。

寻 茅 草 嘲陈莘叟忆内

有得许多泪,更闲却,许多鸳被。枕头儿,放处都不是,旧家时,怎生睡?　　更也没书来,那堪被,雁儿调戏。道无书,却有书中意:排几个,人人字。

恋 绣 衾

长夜偏冷,添被儿,枕头儿移了又移。我自是,笑别人的；却原来，当局者迷。　　如今只恨因缘浅，也不曾抵死恨伊。合手下安排了，那筵席须有散时。

丑奴儿

少年不识愁滋味，爱上层楼，爱上层楼，为赋新词强说愁。　　而今识尽愁滋味，欲说还休，欲说还休，却道"天凉好个秋！"

又

近来愁似天来大，谁解相怜？谁解相怜？又把愁来作个天。　　都将古今无情事，放在愁边；放在愁边，却自移家向酒泉。

从表面看，这都是些富有滑稽趣味的小词；其实内里所抒写的都是真挚的情感。许多人都赞美辛弃疾的长调，但我们读了他的这般清新的小词以后，又觉得弃疾的绝妙之作，在小词而不在长调了。

辛弃疾的文艺，无形中受陶潜诗的影响自然不少。陶潜最工田园诗，辛弃疾也很擅长写山水田园的词：

清平乐　博山道中即事

茅檐低小，溪上青青草。醉里吴音相媚好，白发谁家翁媪？　　大儿锄豆溪东，中儿正织鸡笼。最喜小儿无赖，溪头卧剥莲蓬。

西江月 夜行黄沙道中

明月别枝惊鹊,清风半夜鸣蝉。稻花香里说丰年,听取蛙声一片。　七八个星天外,两三点雨山前。旧时茅店社林边,路转溪桥忽见。

辛弃疾这枝笔真是无施而不可的,我们看他怀古的时候,是何等悲凉;写愁情的时候,是何等凄苦;写滑稽的时候,又是何等的富有情趣;但在这里却又运转他那枝生花的妙笔,来描绘大自然界的一切风光景色了。"最喜小儿无赖,溪头卧剥莲蓬",真是绝妙的田家即景;"稻花香里说丰年,听取蛙声一片",这十三个字写尽了一个夏天的太平景象;"路转溪桥忽见",又是一幅绝妙的诗的画图展开。词的描写到了辛弃疾,不能不说已尽艺术之能事了。

辛弃疾之所以有如此的艺术上的造诣,这固是由于他具有特殊的文艺天才;又有繁复激荡的生活背境,但同时我们又不可忽视辛弃疾对于古文艺的研求。他不但在人格上,作风上,受陶潜的薰染极深,同时也受了五代小词的影响,受了时代略早的白话词人朱敦儒的影响,还受了同乡女词人李清照的影响。不过辛弃疾虽然受这些先进作家的影响,却不是模拟他们。有时效某人之体,略仿其作风,还是用自己的词句,写自己的意思,所以辛弃疾的词,还是辛弃疾的词。

辛弃疾作词也不是粗率的,有时是一气呵成,有时也十分推敲。岳珂《桯史》云:"辛弃疾自诵其《贺新凉》《永遇乐》二词,使座客指摘其失。珂谓《贺新凉》词首尾二腔,语句相似;《永遇乐》词,用事太多,弃疾乃自改其语,日数十易,累月犹未竟。其刻意如此!"可见弃疾的词不是轻易产出来的。

陆游是南宋一位最伟大的诗人。字务观,越州山阴人。十二岁即能诗文。以荫补登仕郎,赐进士出身。范成大帅蜀,游为参议官。嘉泰初,诏同修国史,兼秘书监,升宝谟阁待制,致仕卒

陆 游
——从清道光十年(1830)刊本《古圣贤像传略》

(一一二五——一二一〇)。游为人颇浪漫不拘礼法,人讥其颓放,因自号放翁。他的词如其为人,例如《鹊桥仙》:

华灯纵博,雕鞍驰射,谁记当年豪举?酒徒一一取封侯,独去作江边渔父。　　轻舟八尺,低篷三扇,占断蘋洲烟雨。镜湖原自属闲人,又何必官家赐与?

又

一竿风月,一蓑烟雨,家在钓台西住。卖鱼生怕近城门,况肯到红尘深处。　　潮生理棹,潮平系缆,潮落浩

歌归去。时人错把比严光，我自是无名渔父。

陆游的小词，很能够将他那种飘然的疏放生活，很生动的表现出来，似乎不是别的词家所能企及的。

长 相 思

桥如虹，水如空，一叶飘然烟雨中，天教称放翁。
侧船篷，使江风，蟹舍参差渔市东，到时闻暮钟。

点 绛 唇

采药归来，独寻茅店沽新酿。暮烟千嶂，处处闻渔唱。　　醉弄扁舟，不怕黏天浪。江湖上，这回疏放，作个闲人样。

这样的疏狂，自然怪不得人家要讥笑他了。不过，我们如果认定陆游只是这么一个疏狂的独乐主义者，那就错了。

我们要知道陆游本来是一个有血性的男子。他生出来不久，徽钦二帝便被虏，中原之地全被金占领，宋高宗已经在南宋造成了偏安的局面了。他是看不惯这种偏安的局面的，他主张北伐，恢复中原。那时恰好韩侂胄当国，倡议伐金。陆游因为主张上的契合，很赞助他，并替他写了一篇《南园记》。这件事许多人讥笑陆游的晚节失修，其实，却不知道他是抱了恢复中原的宏愿去归附韩侂胄的。从陆游的晚年词里，还很清楚的可以看出作者心头的抱负出来：

夜游宫 记梦

雪晓清笳乱起,梦游处不知何地。铁骑无声望似水。想关河,雁门西,青海际。　睡觉寒灯里,漏声断,月斜窗纸。自许封侯在万里。有谁知?鬓虽残,心未死!

诉衷情

当年万里觅封侯,匹马戍梁州。关河梦断何处,尘暗旧貂裘。　胡未灭,鬓先秋,泪空流。此生谁料,心在天山,身老沧洲。

双头莲 呈范至能待制

华发星星,惊壮志成虚,此身如寄。萧条病骥,向暗里消尽当年豪气。梦断故国山川,隔重重烟水,身万里。旧社凋零,青门俊游谁记?　尽道锦里繁华,叹官闲昼永,柴荆添睡,清愁自醉。念此际,付与何人心事?纵有楚柂吴樯,知何时东逝?空怅望鲙美菰香,秋风又起。

作者本是想做一番英雄事业的人,但没有机会去试用,只看着"酒徒——取封侯",他便变了一个江湖间的闲散人,去过颓放的生涯了。但他的心头却仍然是热烈的。我们读他的这些词,悲歌感慨,令人击节。到了晚年,一切的梦都空了,回想少年时代的事总是异常的难堪:

鹊桥仙 夜闻杜鹃

茅檐人静,蓬窗灯暗,春晚连江风雨。林莺巢燕总无声,但月夜常啼杜宇。　　催成清泪,惊残孤梦,又拣深枝飞去。故山犹自不堪听,况半世飘然羁旅。

这时我们放浪的诗人,也感觉飘泊生活的悲伤了。同时还有一件事,也永远使他不能抱住乐天主义的梦的,便是他少年时代有一段爱情上失意的创痕。事情是这样的:他初娶表妹唐氏为妻,爱情甚笃,但不喜于其姑,竟出之。陆游为了此事悒郁终身。到了晚年,还是"犹吊遗踪一怅然",他好些词是抒写这方面的悲哀的:

钗头凤

红酥手,黄縢酒,满城春色宫墙柳。东风恶,欢情薄。一怀愁绪,几年离索。错错错!　　春如旧,人空瘦,泪痕红浥鲛绡透。桃花落,闲池阁,山盟虽在,锦书难托。莫莫莫!

上西楼

江头绿暗红稀,燕交飞。忽到当年行处,恨依依。　　洒清泪,叹人事,与心违。满酌玉壶花露,送春归。

陆游的词具有壮美与优美的两种境界,故杨慎《词品》称其

"纤丽处似淮海,雄快处似东坡";刘克庄《后村诗话》也称他:"其激昂感慨者,稼轩不能过;飘逸高妙者,与陈简斋朱希真相颉颃;流丽绵密者,欲出晏叔原贺方回之上。"这都是平允之论。

刘过字改之,号龙洲道人,襄阳人。或说是太和人,或说是新昌人。他也是极力主张北伐的人,曾上书请光宗过宫,并致书宰相陈恢复方略。不用。乃放浪湖海,啸傲自适。宋子虚称他为天下奇男子。他没有做过什么大官,他的生年卒月都不可考。岳珂《桯史》称其"以诗鸣江西"。可惜他的诗不传,因此刘过在文学史上便成为一个纯粹的词人了。

他是一个辛派的词人。黄昇《花庵词选》说:"改之,稼轩之客,词多壮语,盖学稼轩者也。"刘过本是很崇拜辛弃疾的,至有"古岂无人,可以似吾稼轩者谁"之语。但我们要知道,辛刘都是所谓慷慨悲歌之士,他们以道义相结合;虽然时相酬唱,似不能便说刘过的词系学辛弃疾。不过,因为他们都是豪迈的性情,所以词的作风自然地有了共同的趋向。纪昀《四

刘 过
——从清道光九年(1829)长洲顾氏刊本《吴郡名贤图传赞》

第四章 宋词(下) / 147

库全书提要》也说刘过词"虽跌宕淋漓,实未尝全作辛体"。他的词有一首寄辛弃疾的《沁园春》是最值得我们注意的:

斗酒彘肩,风雨渡江,岂不快哉!被香山居士,约林和靖与坡仙老驾勒吾回。坡谓西湖正如西子,浓抹淡妆临照台。二公者皆掉头不顾,只管传杯。　白云"天竺去来,图画里,峥嵘楼阁开。爱纵横二涧,东西水绕;两峰南北,高下云堆"。逋曰不然。暗香浮动,不若孤山先访梅。须晴去访稼轩未晚,且此徘徊。

这首词岳珂讥其"白日见鬼",本不算一首很好的词,但由此可以看出刘过作词的"自然放肆"的精神,不受丝毫拘束的精神。他那样淋漓奔放的才气,决不是模拟底下讨生活的,什么规律都不能缚住他。且举他一首《六州歌头》作例:

镇长淮,一都会,古扬州。升平日,朱帘十里,春风小红楼。谁知艰难去,边尘暗,胡马扰,笙歌散,衣冠渡,使人愁!屈指细思:血战何成事?万户封侯!但琼花无恙,开落几经秋。故垒荒丘似含羞!　怅望金陵宅,丹阳郡,山不断绸缪。兴亡梦,荣枯泪,水东流,甚时休?野灶炊烟里,依然是宿貔貅。叹灯火,今萧索,尚淹留。莫上醉翁亭,看蒙蒙雨,杨柳丝柔。笑书生无用,富贵拙身,谋骑鹤来游。

《唐多令》(刘过)

这是一首感慨很深的长词。往下,且看他的小词:

唐多令 重过武昌

芦叶满汀洲,寒沙带浅流。二十年重过南楼。柳下系船犹未稳,能几日,又中秋。　　黄鹤断矶头,故人曾到否?旧江山浑是新愁。欲买桂花同载酒,终不似,少年游。

长相思

燕高飞,燕低飞,正是黄梅青杏时,榴花开满枝。梦归期,数归期,想见画楼天四垂,有人攒黛眉。

天仙子 初赴省别妾于三十里头

别酒醺醺浑易醉,回过头来三十里。马儿不住去如飞,牵一憩,坐一憩,断送煞人山与水。　　是则是功名终可喜,不道恩情拚得未?云迷村店酒旗斜。去也是?住也是?烦恼自家烦恼你!

醉太平

情高意真,眉长鬓青。小楼明月调筝,写春风数声。思君忆君,魂牵梦萦。翠销香暖云屏,更那堪酒醒!

刘过的词也和辛弃疾一样,有悲壮和飘逸的两种境界,但均不能造其极,所以终究是第二流的词人。

刘克庄也是南宋一个有名的诗家。字潜夫,号后村,福建莆田人。克庄少时即负文名，以荫仕。因做梅花诗被劾免官，闲居了好些年数。故他的词有"老子平生无他过，为梅花受取风流罪"之句。

后来理宗很激赏他文学，赐他同进士出身，除秘书少监，令与尤婧同任史事。此后知遇日隆，官至龙图阁直学士。他活了八十三岁才死，他的两只眼睛早瞎了。

（一一八七—一二六九）

克庄也是一位志切恢复中原的英雄，他的词如："两河萧瑟惟狐兔，问当年祖生

《后村先生大全集》书影
（刘克庄著，清刻本）

去后，有人来否？多少新亭挥泪客，谁梦中原块土。算事业须由人做！应笑书生心胆怯，向车中闭置如新妇，空目送，塞鸿去。"《贺新凉》后半阕。很可以看出刘克庄的壮志。

终于英雄事业没有如愿，我们的词人很快的老了，这时只有拿词诗来消磨他的晚年。我们读过他的《后村别调》，很知道此老也爱写曼艳的小词，闲情正不浅呢。

清 平 乐 赠陈参议师文侍儿

宫腰束素，只怕能轻举。好筑避风台护取，莫遣惊

鸿飞去。　一团香玉温柔，笑靥俱有风流。贪与萧郎眉语，不知舞错《伊州》。

卜算子 海棠为风雨所损

片片蝶衣轻，点点猩红小。道是天公不惜花，百种千般巧。　朝见树头繁，暮见树头少。道是天公果惜花，雨洗风吹了。

长相思 寄远

朝有时，暮有时，潮水犹知日两回，人生长别离！来有时，去有时，燕子犹知社后归，君行无定期！

又 赠品

风萧萧，雨萧萧，相送津亭折柳条，春愁不自聊！烟迢迢，水迢迢，准拟江边驻画桡，舟人频报潮。

忆秦娥 暮春

游人绝，绿阴满野芳菲歇。芳菲歇，养蚕天气，采茶时节。　枝头杜宇啼成血，陌头杨柳吹成雪。吹成雪，淡烟微雨，江南三月。

刘克庄的词和辛弃疾刘过一样有"掉书袋"的毛病——限于长词——同时，他的词也和辛刘一样把自己浪漫颓放的态度，很率真的表现出来：

一 剪 梅 余赴广东，实之夜饯于风亭。

束缊宵行十里强，挑得诗囊，抛了衣囊。天寒路滑马蹄僵，元是王郎，来送刘郎。　　酒酣耳热说文章，惊倒邻墙，推倒胡床。旁观拍手笑疏狂。疏又何妨？狂又何妨？

又 袁州解印

陌上行人怪府公，还是诗穷？还是文穷？下车上马太匆匆，来是春风，去是秋风。　　阶衔免得带兵农，嬉到昏钟，睡到斋钟。不消提岳与知官，唤作山翁，唤作溪翁。

长 相 思

劝一杯，复一杯，短锸相随死便埋，英雄安在哉？
眉不开，怀不开，幸有江边旧钓台，拂衣归去来。

论者谓刘克庄词："直致近俗，乃效稼轩而不及者。"张炎《乐府指迷》语。此语殊属非是。刘克庄词的造诣，或许没有辛弃疾的伟大，但他的词自有他的生命，为南宋一大词家，不能说是辛弃疾的模拟者，虽然他的作风很有辛词的风味。

朱淑贞为宋代有名的女作家之一。她的生世不甚可考，有说是海宁人；有说是钱塘人，世居姚村。《历代词人姓氏》称其与魏夫人为词友，魏夫人乃北宋丞相曾布妻，况周颐《蕙风词话》因此推论她是北宋人。但据其《断肠集纪略》，则说淑贞是

朱淑贞小像
——从清乾隆三十八年（1773）刊本《历朝名媛诗词》

朱熹的侄女，这也似乎不确。《四库全书提要》谓："朱子自为新安人，流寓闽中。考年谱世系，亦别无兄弟，著籍海宁。"

她自号幽栖居士，嫁与市侩为妻，"匹偶非伦，弗遂素志"。著有《断肠集》十卷。诗甚佳，其词尤美：

生查子

元夕——此词亦见欧阳修集

去年元夜时，花市灯如昼。月上柳梢头，人约黄昏后。
今年元夜时，月与灯依旧。不见去年人，泪湿春衫袖。

清平乐

恼烟撩露，留我须臾去。携手藕花湖上路，一霎黄梅细雨。　娇痴不怕人猜，和衣睡倒人怀。最是分携时候，归来懒傍妆台。

这样曼艳的词，在《断肠集》里面应该说是例外。朱淑贞大部份的词都是悲凉凄苦的调子。

蝶恋花 送春

楼外垂杨千万缕,欲系青春,少住春还去。犹自风前飘柳絮,随春且看归何处? 满目山川闻杜宇,便做无情,莫也愁人意。把酒送春春不语,黄昏却下潇潇雨。

眼儿媚 春怨

迟迟风日弄轻柔,花径暗香流。清明过了,不堪回首,云锁朱楼。 午窗睡起莺声巧,何处唤春愁?绿杨影里,海棠亭畔,红杏梢头。

浣溪纱 春夜

玉体金钗一样娇,背灯初解绣裙腰,衾寒枕冷夜香销。 深院重关春寂寂,落花和雨夜迢迢,恨情和梦更无聊!

谒金门

春已半,触目此情无限。十二阑干闲倚遍,愁来天不管。 好是风和日暖,输与莺莺燕燕。满院落花帘不卷,断肠芳草远。

《朱淑贞雅事图》(清汪圻绘)

宋代的女作家，除开了李清照，要算朱淑贞是第一个了。但朱熹说"本朝妇人能文者，唯魏夫人及李易安"，而不提及朱淑贞。大约朱淑贞在当代文名不甚著，所以连生世也难查考了。

三　南宋的乐府词

乐府词家吴文英说："音律欲其协，否则长短句耳；下字欲其雅，否则缠令体耳。"这几句话把乐府词的要点完全说出来了。乐府词有两个特征：其一，是能协乐叶律，听起来很好听，其二，是字面很美，看起来很好看。乐府词的好处在这里，坏处也在这里。

本来词有内外二义：在外的意义，是考究形式的美，注重音律与字面；在内的意义，是考究内容的充实，注重情感与意境。这二者是很难完全兼顾的。如果要绝对的表现情感与意境，就不能十分顾及音律与字面；如果要十分注重音律与字面，就不能不牺牲情感与意境。诗人的词，只求表现情感与意境的美，乐府家的词只求完成音律与字面的美。用文学的眼光看来，乐府词最大的缺点，就是没有内容，情感与意境都不能在乐府词里面充分地表现出来。

南宋注重内容的白话词，已经在前面叙述过；这里让我们来讲南宋的乐府词吧。南宋的乐府词是怎样起来？这倒是要追究的。谈到这个问题，不能不先讲讲这时南宋的局面。我们知道自从韩侂胄伏诛后，主张北伐的人，都贬的贬了，死的死了，再没有人敢倡恢复中原之议了。与金和议成后，南宋偏安之局于以大定。在这个偏安既定的局面之下，健忘的南宋人，把"不共戴天之仇"都忘却了，士大夫们又来据"洪炉而高歌"了，一般文人词客又拿词来作笙歌燕乐的工具了。词既然跟着笙歌燕乐跑，乐府词自然要发展起来。乐府词发展以后，我们只念着词调的铿锵，看着字句的华美；不仅南渡词人那种悲凉感慨的作风失掉了，就是写儿女之情也写不好了。可是，十三世纪的中国词坛，宋宁宗初年至南宋末年。却完全是这种乐府词的风气支配着。

姜夔是南宋乐府词的领导者。

夔字尧章，鄱阳人或以为德兴人。幼时，随他的父亲居古沔甚久。其后学诗于萧千岩，因寓吴兴。与白石洞为邻，自号白石道人，又号石帚。曾上书乞正《太常雅乐》。后因秦桧当国，即隐居箬坑之千山不仕。啸傲山水，往来湖湘淮左，与范石湖杨万里等人相为吟咏酬唱。他的诗做得很好，杨万里称为诗坛的

姜　夔
——从清道光十年（1830）刊本《古圣贤像传略》

先锋。他又精通音乐,尝作自度腔。他生平没有做过官,即以音乐与诗词自遣。尝有诗云:

> 自作新词韵最娇,小红低唱我吹箫。曲终过尽松林路,回首烟波十四桥。

小红者范石湖之婢,有色艺。姜夔为石湖制《暗香》《疏影》二词,石湖即以小红为赠。姜夔每自制新词,即自吹箫,小红辄歌而和之,晚年,他带着小红游遍江南诸胜地。以疾卒于苏州或云西湖。

姜夔一生的生活是这样闲适而富有诗意。他的词在当代最负盛名,只因过于雕琢,有时反不如他的诗,例如他的《雪后夜过垂虹桥》诗云:

> 笠泽茫茫雁影微,玉峰重叠护云衣。长桥寂寞春寒夜,只有诗人一舸归!

这首诗是绍熙辛亥除夕做的,过了五年,他又当着冬天的雪夜过垂虹桥,因赋《庆宫春》词:

> 双桨莼波,一蓑松雨,暮愁渐满空阔。呼我盟鸥,翩翩欲下,背人还过木末。那回归去,荡云雪孤舟夜发。伤心重见,依约眉山,黛痕低压。　采香径里春寒,老子婆娑,自歌谁答?垂虹西望,飘然引去,此兴难遏。酒醒波

《庆宫春》(姜夔)

远,正凝想明珰素袜,如今安在?惟有阑干,伴人一霎。

这是在同样境地做的诗和词,而且据姜夔说他的这首词是"过旬涂稿乃定"的作品,可是词仍不如诗。

姜夔的词有两类:一类是填词,一类是自度曲。他的填词,既束缚于文字,又束缚于音律,能读的作品很少,勉强选出几首作例:

鹧 鸪 天

巷陌风光纵赏时,笼纱未出马先嘶。白头居士无呵殿,只有乘舟小女随。　花满市,月侵衣,少年情事老来悲。沙河塘上春寒浅,春了游人缓缓归。

醉吟商小品

又正是春归,细柳暗黄千缕。暮鸦啼处,梦逐金鞍去。一点芳心休诉,琵琶解语。

齐 天 乐 咏蟋蟀

庾郎先自吟《愁赋》,凄凄更闻私语。露湿铜铺,苔侵石井,都是曾听伊处。哀音似诉。正思妇无眠,起寻机杼。曲曲屏山,夜凉独自甚情绪?　西窗又吹暗雨,为谁频断续?相和砧杵。候馆吟秋,离宫吊月,别有伤心无数。《豳诗》漫与。笑篱落呼灯,世间儿女。写入琴丝,一声声更苦!

《齐天乐》一词已嫌过于雕刻了。

姜夔的自度曲以《暗香》《疏影》二词为最负盛名,张炎至称为"前无古人,后无来者"的绝唱。但在我们看来,这两首词只一味用典使事,没有内容,似乎不能代表姜夔的艺术的优点。我们不妨另选作者的几首自度曲来作例:

淡黄柳

客居合肥南城赤阑桥之西,巷陌凄凉,与江左异。唯柳色夹道,依依可怜。因度此阕,以纾客怀。

空城晓角,吹入垂杨陌。马上单衣寒恻恻。看尽鹅黄嫩绿,都是江南旧相识。　　正岑寂,明朝又寒食。强携酒小乔宅。怕梨花落尽成秋色。燕燕飞来,问春何在?唯有池塘自碧。

扬州慢

淳熙丙申至日,予过维扬。夜雪初霁,荠麦弥望。入其城则四顾萧条,寒水自碧。暮色渐起,戍角悲吟。予怀怆然,感慨今昔,因自度此曲。千岩老人以为有《黍离》之悲也。

淮左名都,竹西佳处,解鞍少驻初程。过春风十里,尽荠麦青青。自胡马窥江去后,废池乔木,犹厌言兵。渐黄昏,清角吹寒,都在空城。　　杜郎俊赏,算如今,重到须惊。纵豆蔻词工,青楼梦好,难赋深情。二十四桥仍在,波心荡,冷月无声。念桥边红药,年年知为谁生?

《淡黄柳》(姜夔)

长亭怨慢

余颇喜自制曲,初率意为长短句,然后协以律,故前后阕多不同。桓大司马云:"昔年种柳,依依汉南,今看摇落,凄怆江潭。树犹如此,人何以堪!"此语予深爱之。

渐吹尽,枝头香絮。是处人家,绿深门户。远浦萦回,暮帆零乱,向何许?阅人多矣,谁得似,长亭树?树若有情时,不会得青青如此! 日暮,望高城不见,只见乱山无数。韦郎去也,怎忘得,玉环分付:第一是早早归来,怕红萼,无人为主。算只有并刀,难剪离愁千缕。

姜夔自度曲的好处,是能够不束缚于音律。作者自云"初率意为长短句,然后协以律"。坏处是文字方面仍不免雕刻太甚。而且他的小序也是一种小小的毛病。周济《论词杂著》说:"白石好为小序,序即是词,词仍是序。反覆再观,如同嚼蜡矣。"

姜夔的词誉,向来是很高的,称道他的人很多。范石湖说:"白石有裁云缝月之妙手,敲金戛玉之奇声。"黄昇说:"词宜清空,不要质实。姜白石如野云孤飞,去留无迹。"朱彝尊说:"词人言词,必称北宋。然词至南宋,始极其至。姜尧章氏最为杰出。"宋翔凤说:"词家之有姜石帚,犹诗家之有杜少陵。"王国维说:"古今词人格调之高,莫如白石。"我们看了这些过于夸张的赞美,实在不能满意。平心而论,姜夔的词有他的好处,也有他的坏处。好处有二:第一是格调高,因为姜夔词主"清空","清空"则能"古雅峭拔",故格调甚高。第二是用事巧妙；如《疏影》词的"昭君不惯胡沙远，但暗忆江南江北，想佩环月下归来，化作此花幽独"。系用少陵诗。"犹记深宫旧事，那人正睡里，飞近蛾绿"，系用寿阳事。皆"用事不为所使"。张炎的话。这都是姜词的好处。可是，这些好处并没有重大的意义。作词最大的目的，自然不是专门讲究格调就好了，也不是把字面弄得很美的就对了，是要求描写的深刻有力，能够把作者的情感与意境逼真地表现出来。正因为姜夔的词专门讲格调，主"清空"，如"野云孤飞"，完全不落实际，没有具体的象征，故描写不深入，不逼真。如《暗香》《疏影》那种作品，明明是咏梅花，却没有一句道着梅花，我们读了如"雾里看花"一样，是调虽高而词斯下矣。至于喜欢用典使事，适以暴露作者才气之短，更不是我们所愿意称道的了。

姜夔在当代既负很高的词誉，其影响自然亦很大的。朱彝尊说："词莫善于姜夔，宗之者张辑，卢祖皋，史达祖，吴文英，蒋捷，王沂孙，张炎，周密，陈允平，张翥，杨基，皆具夔之一体。基之后，得其门者寡矣。"照这样看来，在姜氏还没有起来以前，南宋词坛是辛弃疾为盟主；及姜夔的词负盛以后，他便继着辛弃疾而主盟后半期的南宋词坛了。自此以后至于南宋末年，完全是乐府词的时代了。

纪昀《四库全书提要》说："词首鄱阳姜夔，句琢字炼，始归醇雅。而达祖观国为之羽翼。"现在，让我们来叙述姜夔的羽翼高观国史达祖的词吧。

高观国字宾王，山阴人，有《竹屋痴语》一卷。他的词虽

《疏影》（姜夔）

属姜派,而自有其清新独立的风格。例如:

卜算子

屈指数春来,弹指惊春去。檐外蛛丝网落花,也要留春住。　几日喜春晴,几夜愁春雨。十二雕窗六曲屏,题遍伤春句。

菩萨蛮

春风吹绿湖边草,春光依旧湖边道。玉勒锦障泥,少年游冶时。　烟明花似绣,且醉旗亭酒。斜日照花西,归鸦花外啼。

《竹屋痴语》书影
(高观国著,清刻本)

清平乐

春芜雨湿,燕子低飞急。云压前山群翠失,烟水满湖轻碧。　小莲相见湾头,清寒不到青楼。请上琵琶弦索,今朝破得春愁。

杏花天

霁烟消处寒犹嫩,乍门巷愔愔昼永。池塘芳草魂初醒，秀句吟春未稳。　　仙源阻，春风瘦损。又燕子，来无芳信。小桃也自知人恨，满面羞红难禁。

观国作词不十分刻画，也不似姜夔那样用劲去使事，所以他的小词往往清新可爱。词之佳者，虽姜夔亦不能胜。其词名不及姜氏，与史达祖齐名，时称"高史"。

史达祖，字邦卿，号梅溪，汴人。生约当绍兴末年，死于开禧末年。少举进士不第。韩侂胄当国时，达祖做他的省吏。拟旨拟帖，俱出其手。曾随李壁使金。韩侂胄伏诛后，达祖被黥死。据叶少蕴《四朝闻见录》。达祖有《梅溪词》一卷。他与高观国唱和甚多。陈造批评他俩说："竹屋梅溪词，要是不经人道语，其妙处，少游美成不及也。"其实他俩虽然齐名，作风却绝不相同。我们且往下读史达祖的词：

西 江 月

西月澹窥楼角，东风暗落檐牙。一灯初见影纱窗，又是重帘不下。　　幽思屡随芳草，闲愁多似杨花。杨花芳草遍天涯，绣被春寒夜夜。

钗 头 凤 寒食饮绿亭

春愁远，春梦乱，凤钗一股轻尘满。江烟白，江波碧，柳户清明，燕帘寒食，忆忆忆！　　莺声晓，箫声短，落花不许春拘管。新相识，休相失。翠陌吹衣，画楼横笛，得得得！

玉楼春 赋梨花

玉容寂寞谁为主，寒食心情愁几许。前身清淡似梅妆，遥夜依微留月住。　　香迷蝴蝶飞时路，雪在秋千来往处。黄昏著了素衣裳，深闭重门听夜雨。

作者的咏物词是很负盛名的，张炎最赞美他的《东风第一枝》咏雪和《双双燕》咏燕二词，谓其"全章精粹，不留滞于物"。我们且举《双双燕》词作例：

双双燕 咏燕

过春社了，度帘幕中间，去年尘冷。差池欲往，试入旧巢相并。还相雕梁藻井，又软语商量不定。飘然快拂花梢，翠尾分开红影。　　芳径芹泥雨润，爱贴地争飞，竞夸轻俊。红楼归晚，看足柳昏花暝。应是栖香正稳，便忘了天涯芳信。愁损翠黛双蛾，日日画栏独凭。

姜夔称史达祖的词："奇秀清逸，有李长吉之韵，盖能融情景于一家，会句意于两得。"张镃题《梅溪词》云："有瑰奇警迈清新闲婉之长，而无诡荡污淫之失，端可分镳清真，平睨方回；而纷纷三变辈，几不足比数！"这种批评未免太夸张了。周济说："梅溪喜用'偷'字，品格便不高。"这又未免过于吹毛求疵了。平心而论，史达祖为人虽不足取，词的格调

《双双燕》（史达祖）

也不高，然才华赡丽，工于描绘，不能不算南宋一作手。

吴文英是姜派词人中的健将。

文英，字君特，号梦窗，四明人。其生平事迹不甚可考。尝从姜夔游，他的词亦宗姜氏。尹惟晓序他的词说："求词于吾宋，前有清真，后有梦窗。此非予之言，四海之公言也。"可见文英的词在当代已很有名了。他的作品最丰富，流传下来的有《梦窗》甲乙丙丁稿四卷。所作词专门用典使事，所以沈伯时批评他："用事下语太晦处，人不易知。"在《梦窗词》里面的长调，没有一首是可读的；只间有小词，脱下了古典的衣裳，清蔚可诵：

《梦窗词》书影（吴文英著，清刻本）

玉 楼 春 京市舞女

茸茸狸帽遮梅额，金蝉罗剪胡衫窄。乘肩争看小腰身，倦态强随闲鼓笛。　　问称家住城东陌，欲买千金应不惜。归来困顿馎春眠，犹梦婆娑斜趁拍。

唐多令

何处合成愁，离人心上秋。纵芭蕉不雨也飕飕。都道晚凉天气好，有明月，怕登楼。　　年事梦中休，花空烟水流。燕辞归，客尚淹留。垂柳不萦裙带住，漫长是，系行舟。

这类的词在吴文英的词集里面，简直是凤毛麟角。他最喜欢作长调。在他的长调里面，往往只顾用典使事的凑巧，东说一件事，西又说一件事，全不顾及词意的脉络线索，至于令读者神昏目眩，莫知所云。周济还赞美他说："梦窗词之佳者，天光云影，摇荡绿波；抚玩无斁，追寻已远。"这简直是荒谬绝伦的批评了。关于吴文英的词，张炎有几句话说得最好："梦窗如七宝楼台，眩人眼目，碎折下来不成片段。"严格说起来，姜派词人的词，多半是碎折下来，难成片段的，但以吴文英陷溺最深，他的作品最不能表现情感和意境。我们说他是姜派的健将，但他却将姜派词的缺点暴露无遗了。所以同派的张炎也毫不客气的反对他的作品。

四　晚宋词坛

宋词到了晚宋，犹之乎唐诗到了晚唐。唐诗经过盛唐诗人的发扬光大，经过中唐诗人的开拓变迁，到了晚唐的诗人找不着出路了，便走上专门卖弄文字的技巧的路上去了，便形成晚唐"形式上的唯美主义"的作风了。宋词也是一样，经过北宋词人的发扬光大，经过南渡词人的开拓变迁，到了南宋偏安之局大定公元一二〇七年韩侂胄伏诛，与金议和成功。以后的词人——姜夔吴文英这一般词人——找不着词的出路了，又渐渐走上卖弄文字的技巧的路上去了，到了晚宋便完全变成"形式上的唯美主义"的词坛，如晚唐诗一样。

"形式上的唯美主义"最注重的自然是文字的技巧，词的字面必须特别使其美丽，这是姜夔吴文英辈的词倡导起来的风气。到了宋末，这种靡艳的风气已普遍于词坛了。我们只要看晚宋那些词人的作集，题名都是很考究，如王沂孙的《花外集》，一名《碧山乐府》。周密的《蘋洲渔笛谱》，陈允平的《日湖渔唱》，张炎的《山中白云词》，都是些很美丽的题目。他们的作品完全是表现文字的美。

此外音律的谐协，也是唯美派的晚宋词人所没有忽视的。张炎在他的《词源》里面说他的父亲曾赋《瑞鹤仙》，有"粉蝶儿扑定花心不去，闲了寻香两翅"之句，"扑"字不协，改为"守"字，乃协；他又有"锁窗深"之句，"深"字不协，改为"幽"字，又不协，再改"明"乃协。据我们看，改是改得协律了，但意义却相差万里了。因为晚宋词人，多半是直接地或间接地薰染着姜夔吴文英辈的影响，以为离开了乐府便没有词，只有乐府词才算词，所以那样的注重音律的谐协，而忽视词的情感与意境。

单就形式的美一方面说，包括文字的音律的美与字面的美二者而言。晚宋的词是值得我们欣赏的。往下我们且分别来介绍晚宋词人及其词。

王沂孙，字圣与，号碧山，又号中仙，会稽人。宋亡后，仕于元，为庆元路学正。他的词很为后人所称说，周济《论词杂著》说："中仙最多故国之感，故著力不多，天分高绝，所谓意能尊体者也。"张惠言则称他的咏物词"有君国之忧"。例如：

高阳台

　　残雪庭阴，轻寒帘影，霏霏玉管蒹葭。小帖金泥，不知春在谁家。相思一夜窗前梦，奈个人水隔天遮。但凄然满树幽香，满地横斜。　　江南自是离愁苦，况游骢古道，归雁平沙。怎得银笺，殷勤与说年华。如今处处生芳草，纵凭高不见天涯。便消他几度东风，几度飞花。

作者身遭亡国之痛，自然免不掉悲伤之感。但在《碧山乐府》里面有"君国之忧"的作品，实在不多。他的咏物词尤其与"故国之感"毫不相涉，至多我们只能够指出他《高阳台》这一类的作品有些儿感慨，但感慨也是很稀薄的。如《摸鱼儿》，不但没有一点感慨，而且是写花柳的闲情，却写得很好：

　　洗芳林夜来风雨，匆匆还送春去。方才送得春归了，那又送君南浦。君听取，怕此际春归也过吴中路。君行到处，便快折湖边千条翠柳，为我系春住。　　春还住，休索吟春伴侣。残花今已尘土。姑苏台下烟波远，西子近来何许？能唤否？又恐怕残春到了无凭据。烦君妙语，更为我将春，连花带柳，写入翠笺句。

王沂孙是在元朝做过官的，他的词自然不会一概是"故国之感"，我们更不能拿"多故国之感"的话来赞美他的词。

蒋捷，字胜欲，宜兴人或作阳羡人。德祐年间举进士。宋亡之后，他遁迹不仕，住竹山，人称为竹山先生。有《竹山词》。

在晚宋词人中，蒋捷要算是最能超脱的一个，他虽然被称为姜派的词人，但他的词能不为文字与音律所拘束，自由肆放，颇有辛弃疾的精神。如《沁园春》的"结算平生风流债，请一笔勾，盖攻性之兵，花围锦阵；毒身之鸩，笑齿歌喉"，又如《贺新郎》的"据我看来何所似，一似韩家五鬼，又一似杨家疯子"，这些例子诚然是好笑，却可以看出作者的文字有一种不可羁绊的肆溢精神。我们不妨另举几首能够代表作者的艺术的词作例：

虞 美 人

少年听雨歌楼上，红烛昏罗帐。壮年听雨客舟中，江阔云低，断雁叫西风。　而今听雨僧庐下，鬓已星星也。悲欢离合总无情，一任阶前点滴到天明。

解佩令 春

春晴也好,春阴也好,著些儿春雨越好。春雨如丝,绣去花枝红袅,怎禁他孟婆合皂? 梅花风小,杏花风小,海棠风蓦地寒峭。岁岁春光,被二十四风吹老。楝花风尔且慢到。

一剪梅 舟过吴江

一片春愁待酒浇,江上舟摇,楼上帘招。秋娘渡与泰娘桥,风又飘飘,雨又萧萧。 何日归家洗客袍,银字笙调,心字香烧。流光容易把人抛,红了樱桃,绿了芭蕉。

毛晋称《竹山词》"语语纤巧,真《世说》靡也,字字妍倩,真六朝隃也"。纪昀亦称:"其词练字精深,调音谐畅,为倚声家之矩矱。"这种批评,还是就姜派的眼光来赞美蒋捷,似乎没有了解蒋捷词的真价值。不过蒋捷也不是没有近乎婉约小巧的词:

霜天晓角

人影窗纱,是谁来折花?折则从他折去,知折去,向谁家? 檐牙枝最佳,折时高折些。说与折花人道:须插向,鬓边斜。

虞美人 梳楼

丝丝杨柳丝丝雨,春在溟蒙处。楼儿忒小不藏愁,几度和云飞去觅归舟。　　天怜客子乡关远,借与花消遣。海棠红近绿阑干,才卷朱帘却又晚风寒。

无论是写近豪放的词,或是近婉约的词,蒋捷写来总是明白晓畅,不会流于晦涩难解,这也是和晚宋词人不同的地方。

　　周密,字公谨,号草窗,济南人,流寓吴兴,居弁山,自号弁阳啸翁,又号萧斋,又号四水潜夫。(一二三二—一三〇八)他曾仕宋为义乌县令,宋亡后,与王沂孙、王易简、冯应瑞、唐艺孙、吕同老、李彭老、陈恕可、唐珏、赵汝钠、李居仁、张炎、仇远等,结为词社,著有《乐府补题》。其词与吴文英齐名,合称二窗词。

　　他的词很着力模仿姜夔,他的长调很中了姜夔的毒。拿他来与吴文英并称,真是再恰当也没有。倒是他的小词,很有些值得我们称道的:

四 字 令 拟花间

眉消睡黄,春凝泪妆,玉屏水暖微香,听蜂儿打窗。筝尘半妆,绡痕半方,愁心欲诉垂杨,奈飞红正忙。

鹧 鸪 天 清明

燕子时时度翠帘,柳寒犹未褪香绵。落花门巷家家雨,新火楼台处处烟。　　情默默,恨恹恹,东风吹动画秋千。刺桐开尽莺声老,无奈春风只醉眠。

眼 儿 媚

飞丝半湿惹归云,愁里又闻莺。淡月秋千,落花庭院,几度黄昏。　　十年一梦扬州路,空有少年心。不分不晓,恹恹默默,一段伤春。

清 平 乐

晚莺娇咽,庭户溶溶月。一树湘桃飞茜雪,红豆相思渐结。　　看看芳草平沙,游鞯犹未归家。自是萧郎漂泊,错教人恨杨花!

周济评周密的词说:"公谨只是词人,颇有名心,未能自克,虽才情诣力,色色绝人,终不能超然遐举。"

陈允平,字君衡,一字衡仲,号西麓,四明人。他的生平事迹不可考。其词有《日湖渔唱》与《西麓继周集》。《西麓继周集》完全是和周邦彦的《清真词》,毫无可取的作品,《日湖渔唱》里也有不少可厌的"寿"词。现在,我们只选出几首能够代表作者的词作例:

谒 金 门

春欲去,无计得留春住。纵着天涯浑柳絮,春归还有路。　　恨煞多情杜宇,愁煞无情风雨。春自悠悠人自苦,莺花谁是主?

唐多令 秋暮有感

休去采芙蓉，秋江烟水空。带斜阳一片征鸿。欲顿闲愁无顿处，都著在两眉峰。　　心事寄题红，画桥流水东。断肠人无奈秋浓。回首层楼归去懒，早新月，挂梧桐。

一落索

欲寄相思情苦，倩红流去泪花。写不尽离怀，都化作无情雨。　　渺渺暮云春树，澹烟横素。夕阳西下，杜鹃啼怨，截断春归处。

陈允平也是小词可诵，而长调毫无是处的。大概晚宋的词人，才气短的居多。而当时却养成一种喜欢填长调的风气。故结果总是堆砌成词，毛病百出。我们只能够在他们的小词里面，去发现几首值得赏鉴的作品。其大多数的作品，特别是长词，多半是没有文艺价值的。这显然是宋词的末运到了。

张炎是宋词最后的一个殿军。

炎字叔夏，号玉田，又号乐笑翁，循王张俊的六世孙。本西秦人，家居临安。生于宋理宗淳祐八年（一二四八）。宋亡时，他只有二十九岁。在元朝他的际遇是很不好的，戴表元《送张叔夏西游序》说：

玉田张叔夏与余初相逢钱塘西湖上，翩翩然飘阿锡之衣，乘纤离之马，于时风神散朗，自以为承平故家，贵游少年不翅也。垂及强仕，丧其行资。则既牢落偃蹇。尝以艺北游，不遇。失意亟亟南归，愈不遇。犹家钱塘十年。久之，又去东游山阴，四明，天台间，若少遇者，既又弃之西归。……

张炎本是"钟鸣鼎食之家"的贵介子弟，宋亡不久，尽丧失其资产。晚年落拓，到处飘泊，活到七十多岁才死。他在元朝生活了四十多年，他的词大部分是在元朝做的。

张炎的词，受家传的影响很深。他的曾祖父张镃很有文名，著《玉照堂词》。他的祖父张含也工文学。父亲张枢，尤精音律，有《寄闲集》。张炎之成为一个乐府词家，成为一个纯姜派的词人，固然是时代的关系，但家传词学于他也有很大的影响。他自己说"平生好为词章，用功逾四十年"。《词源》下。他的《山中白云词》，最为世所称。

张炎最初以《春水词》得名，人称为张春水。邓牧说"《春水》一词绝唱古今"。后又以《孤雁词》传诵一时，人又称为张孤雁。按集中《南浦》咏春水与《解连环》咏孤雁二词，并不见佳，不知当时何以这样负盛名。我们且另举几首能够代表作者的作品为例：

声声慢

与王碧山泛舟鉴曲，王戴隐吹箫，余倚歌而和。天阔秋高，光景奇绝，与姜白石垂虹夜游，同一清致也。

晴光转树，晓气分岚，何人野渡横舟。断柳枯蝉，凉意正满西州。匆匆载花载酒，便无情也自风流。芳昼短，奈不堪深夜，秉烛来游。　谁识山中朝暮，向白云一笑，今古无愁。散发吟商，此兴万里悠悠。清狂未应似我，倚高寒，隔水呼鸥。须待月，许多情都付与秋。

高阳台　西湖春感

接叶巢莺，平波卷絮，断桥斜日归船。能几番游，看花又是明年。东风且伴蔷薇住，到蔷薇春已堪怜。更凄然万绿西泠，一抹荒烟。　当年燕子知何处，但苔深韦曲，草暗斜川。见说新愁，于今也到鸥边。无心再续笙歌梦，掩重门，浅醉闲眠。莫开帘，怕见飞花，怕听啼鹃！

这是两首长词，前一首大约在宋未亡以前做的，才有"谁识山中朝暮，向白云一笑，今古无愁"的句子；后一首大约是宋亡以后做的，才有"莫开帘，怕见飞花，怕听啼鹃"的句子。

张炎其他的长调，也不免雕琢过甚，偏重技巧的毛病。还是小词多几首好的，例如：

清平乐

采芳人杳，顿觉游情少。客里看春多草草，总被诗愁分了。　去年燕子天涯，今年燕子谁家？三月休听夜雨，如今不是催花。

《高阳台》（张炎）

四 字 令

莺吟翠屏，帘吹絮云。东风也怕花嗔，带飞花赶春。
邻娃笑迎，嬉游趁晴。明朝何处相寻？那人家柳阴。

珍 珠 令

桃花扇底歌声杳，愁多少，便觉道花阴闲了。因甚不归来？甚归来不早？　　满院飞花休要扫，待留与薄情知道，知道，怕一似飞花，和春都老。

周济对于张炎词有一段极严酷的批评："玉田才本不高，专恃磨砻雕琢，装头作脚，处处妥当。后人翕然宗之。然如《南浦》之赋春水，《疏影》之赋梅花，逐韵凑成，毫无脉络。而户诵不已，真耳食也。"若是就作者的长词而言，则不但《南浦》《疏影》二词是"逐韵凑成，毫无脉络"；其大部的长词，都是"逐韵凑成，毫无脉络"。可是，若论他的小词，如上面所举例，也未尝没有很好的作品。晚宋词人，本来很少值得我们赞许的，但张炎还要算其中"差强人意"的一个词人呢。

王沂孙、蒋捷、周密、陈允平、张炎这些词人死掉以后，宋词的生命便没落了。此后的文人，都把他们的天才和精力，用于做曲子去了，词坛便寂寞不堪回顾了。

五　宋代词人补志

宋代重要词家，已如上述。今复举其有作集流传而作品较可观者，补志一部分于下。

赵令畤，字德麟，宋之宗室，袭封安定郡王，其词有《聊复集》一卷。兹举其悼爱妾的一首《清平乐》为例：

>春风依旧，著意隋堤柳。搓得鹅儿黄欲就，天气清明时候。　去年紫陌青门，今宵雨魄云魂。断送一生憔悴，只消几个黄昏。

令畤的词在北宋虽无盛名，然其小词之隽美者，实不在诸名词人下。

晁冲之，字叔用，一字用道，巨野人。举进士。绍兴初，以党论被逐，隐具茨山下。有《具茨集》一卷。词如《临江仙》：

>忆昔西池池上饮，年年多少欢娱。别来不寄一行书。寻常相见了，犹道不如初。　安稳锦屏今夜梦，月明好渡江湖。相思休问定何如。情知春去后，管得落花无？

冲之词明净而有情致，在元祐间亦属一作手。

《清平乐》（赵令畤）

王观，字通叟，高邮人。嘉祐进士，官翰林学士，以赋应制词近亵被谪，自号逐客。有《冠柳词》。其词流丽而富有情思，今举他的《生查子》为例：

关山魂梦长，塞雁音书少。两鬓可怜青，一夜相思老。归傍碧纱窗，说与人人道：真个别离难，不似相逢好。

葛胜仲，字鲁卿，丹阳人。绍兴初进士，元符初中宏词科。累迁国子司业，终文华阁待制，知湖州卒，谥文康。有《丹阳词》，其词境甚高，而微短于才，今举其一首有名的《点绛唇》县斋夜坐为例：

秋晚寒斋，藜床香篆横轻雾。闲愁几许？梦逐芭蕉雨。　云外哀鸿，似替幽人语。归不去，乱山无数，斜日荒城鼓。

王安中，字履道，阳曲人。第进士，政和中擢御史中丞，后归燕，旋又归宋，绍兴初，官左中大夫。其为人虽反复炎凉不足道，然所作词实不可埋没。有《初寮词》一卷。例如《蝶恋花》：

千古铜台今莫问，流水浮云，歌舞西陵近。烟柳有情开不尽，东风约定年年信。　天与麟符行乐分，缓带轻裘，雅宴催云鬓。翠雾縈纤销篆印，筝声恰度秋鸿阵。

这两句词"翠雾萦纡销篆印,筝声恰度秋鸿阵",在当代是很被传诵的。

赵师使,一名师侠,字介之,汴人。第进士。有《坦庵长短句》一卷。所作长于摹写风景,体状物态。今举他的《谒金门》为例:

> 沙畔路,记得旧时行处:蔼蔼疏烟迷远树,野航横不渡。　竹里疏花梅吐,照眼一川鸥鹭。家在清江江上住,水流愁不去。

纪昀评师使词云:"今观其集,萧疏淡远,不肯为剪红刻翠之文,洵词中之高品;但微伤率易,是其所偏。"

康与之,字伯可,滑州人,流寓嘉禾。秦桧当国,与之附桧求进,擢台郎。专为应制歌词,谀艳粉饰,声名扫地。桧死,坐贬。词有《顺庵乐府》。其小词颇有可观,例如《诉衷情令》:

> 阿房废址汉荒丘,狐兔又群游。豪华尽成春梦,留下古今愁。　君莫上,古原头,泪难收。夕阳西下,塞雁南来,渭水东流。

杨无咎,字补之,自号逃禅老人,又号清夷长者,清江人。他本有志于功名事业,因秦桧专权,耻于依附,高宗几次

征他不去。他善画,其词在当时不甚有名,黄昇《花庵词选》未刊他的词。有《逃禅词》一卷。例如:

相见欢

不禁枕簟新凉,夜初长,又是惊回好梦叶敲窗。　　江南望,江北望,水茫茫,赢得一襟清泪伴余香。

醉花阴

淋漓尽日黄梅雨,断送春光暮。目断向高楼,持酒停歌,无计留春住。扑人飞絮浑无数,总是添愁绪。回首向春风,争得春愁,也解随春去。

杨无咎
——从清道光九年(1829)长洲顾氏刊本《吴郡名贤图传赞》

无咎的词,描写实在不错,只可惜他的作集里面应酬的作品太多了。

侯寘,字彦周,东武人。绍兴中以直学士知建康。他在当世词名亦不高,所作亦多应酬品,值得举例的甚少。但偶为抒情之作,辄清丽可爱。例如《风入松》西湖戏作:

少年心醉杜韦娘,曾格外疏狂。锦笺预约西湖上,共幽深,竹院松庄。愁夜黛眉颦翠,惜归罗帕分香。　重来一梦绕湖塘,空烟水微茫。同心眼底无苏小,记旧游,凝伫凄凉。入扇柳风残酒,点衣花雨残阳。

纪昀评侯寘云:"其词婉约娴雅,无酒楼歌馆簪舃狼藉之态,其名虽不甚著,而在南宋诸家中,要不能不推为作者。"

韩元吉,字无咎,号南涧,许昌人。隆兴间官至吏部尚书,论者称其政事文学,均为一代冠冕。有《芭蕉词》一卷。例如《霜天晓角》题采石蛾眉亭:

倚天绝壁,直下江千尺。天际两蛾横黛,愁与恨,几时极?　暮潮风正急,酒阑闻塞笛。试问谪仙何处?青天外,远烟碧。

元吉词气魄沉雄,风格自高。

杜安世,字寿域,京兆人。其生平不详。有《寿域词》一卷。作品多可诵者,例如《踏莎行》:

雨霁风光,春分天气,千花百草争明媚。画梁新燕一双双,玉笼鹦鹉爱孤睡。　薜荔依墙,莓苔满地。青楼几处歌声丽。蓦然旧事上心头,无言敛皱眉山翠。

洪咨夔,字舜俞,号平斋,於潜人。官至刑部尚书。有

《平斋词》。纪昀称其所作淋漓激壮，多抑塞磊落之感。然如其《眼儿媚》一类的词，则是以清丽见长的：

> 碧沙荒草渡头村，绿遍去年痕。游丝下上，流莺来往，无限销魂。　绮窗深静人归晚，金鸭水沉温。海棠影下，子规声里，立尽黄昏。

黄公度，字师宪，号知稼翁，莆田人。绍兴进士，仕至考功员外郎。有《知稼翁词》，今举其《青玉案》为例：

> 邻鸡不管离怀苦，又还是催人去。回首高城音信阻，霜桥月馆，水村烟市，总是思君处。　裛残别袖燕支雨，漫留得愁千缕。欲倩归鸿分付与，鸿飞不住，倚栏无语，独立长天暮。

洪迈称公度的词"婉转精丽"。

杨万里，字廷秀，吉水人。官秘书监。因不肯附韩侂胄，不得志。他是南宋有名的诗人，其词亦如苏黄，为曲子

杨万里

中缚不住者。有《诚斋乐府》一卷。例如《好事近》：

> 月未到诚斋，先到万花川谷。不是诚斋无月，隔一庭修竹。　如今才是十三夜，月色已如玉。未是春光奇绝，看十五十六。

杨万里真可以说是一个道地的白话词人。

葛立方，字常之，胜仲之子。官至吏部侍郎。有《归愚词》一卷。今举其为世所称的《卜算子》为例：

> 袅袅水芝红，脉脉蒹葭浦。析析西风澹澹烟，几点疏疏雨。　草草展杯觞，对此盈盈女。叶叶红衣当酒船，细细流霞举。

纪昀谓立方词："多平实铺叙，少清新婉转之意。然大致不失宋人风格。"

曾觌，字纯浦，号海野老农，汴人，孝宗时官至开府仪同三司，加少保，用事二十年，权倾中外。其为人奸邪不义，至为谈艺者所不齿。然才华富丽，实有可观，著《海野词》一卷。例如《忆秦娥》邯郸道上：

> 风萧瑟，邯郸古道伤行客。伤行客，繁华一瞬，不堪思忆。　丛台歌舞无消息，金樽玉管空陈迹。空陈迹，连天草树，暮云凝碧。

曾亲尝见东都之盛，故其词多凄凉感慨。只就词而论，尚不失为南渡一作家。

王千秋，字锡老，号审斋，东平人，或称为金陵人。毛晋说他的词绝少绮艳之态。这似不是确实的话。我们读了他的《审斋词》，除了一部分酬贺之作外，大部分都是抒情词，而且有写得很绮艳的。词例《西江月》：

老去频惊节物，醒来依旧江山。清明雨过杏花寒，红紫芳菲何限。　春病无人消遣，芳心有酒摧残。此情拍手问阑干，为甚多愁我惯？

千秋一生落拓，飘泊他乡，其名不显于当代，其词亦不为当代所称，故黄昇《花庵词选》未选其词。但他的词实在是值得我们诵读的。纪昀《四库全书提要》称："其体本《花间》而出，入于东坡门径，风格秀拔，要自不杂俚音，南渡之后，亦卓然为一作手。"

赵彦端，字德庄，号介庵，魏王延美七世孙。乾道淳熙间以直宝文阁，知建康府，终左司郎官。有《介庵词》一卷。其赋西湖的《谒金门》最有名：

休相忆，明夜远如今日。楼外绿烟村幂幂，花飞如许急。　柳岸晚来船集，波底斜阳红湿。送尽去云成独立，酒醒愁又入。

彦端的小词颇多婉约风流之作。

杨炎正,字济翁,或作名炎,号止济翁,庐陵人。五十二岁始登第,为宁远簿,后除掌故之令。有《西樵语业》一卷。其词颇多感慨,很带几分辛弃疾式的豪放意味,但我们却喜欢他的抒情小词,例如《鹊桥仙》:

> 思归时节,乍寒天气,总是离人愁绪。夜来无奈被西风,更吹做一帘秋雨。　征衫拂泪,阑干醉倚,羞对黄花无语。寄书除是雁来时,又只恐书成雁去。

纪昀称炎正词:"屏绝纤浓,自抒清俊,要非俗艳所可比。"

沈端节,字约之,吴兴人。曾令芜湖,知衡州,官朝散大夫。有《克斋词》,今举其《江城子》为例:

> 秋声昨夜入梧桐,雨蒙蒙,洒窗风,短杵疏砧,将恨到帘栊。归梦未成心已远,云不断,水无穷。　有人应念水之东,鬓如蓬,理妆慵,览镜沉吟,膏沐为谁容?多少相思多少事,都尽在,不言中。

纪昀称端节词:"吐属婉约,颇具风致。"毛晋谓:"《克斋词》长于咏物写景,殆梅溪竹屋之流欤。"

张辑,字宗瑞,鄱阳人。生平不详。有《东泽绮语债》二卷。其词多可诵者,例如《钓船笛》寓《好事近》:

载酒岳阳楼，秋入洞庭深碧。极目水天无际，正白
蘋风急。　月明不见宿鸥惊，醉把玉栏拍。谁谓百年心
事，恰钓船横笛。

辑词在当代无重名，然风致清新，要为南宋中期不可多得之作者。

　　毛开，字仲平，信安人，或作三衢人。为人傲世自许，与时多忤，官只止州倅。诗文均著名，小词尤工，有《樵隐词》一卷。其《清平乐》见一妇人陈牒立雨中最有名：

　　醉红宿翠，髻鬋乌云堕。管是夜来不睡？那更今朝早
起？　春风满搦腰支，阶前小立多时。恰恨一番春雨，
想应湿透鞋儿。

　　卢祖皋，字申之，又字次夔，号蒲江，永嘉人。嘉定间为军器少监，权直学院。有《蒲江词》一卷。例如《谒金门》：

　　闲院宇，独自行来去。花片无声帘外雨，峭寒生碧
树。　做弄清明时序，料理春醒情绪。忆得归时停棹
处，画桥看落絮。

周济评云："蒲江小令，时有佳趣，长篇则枯寂无谓，盖才少也。"

石孝友，字次仲，南昌人。生平遭遇坎坷，以词得名。有《金谷遗音》一卷。以写艳情之作为多，例如《惜奴娇》：

> 我已多情，更撞着多情底你。把一心十分向你尽。他们劣心肠，偏有你。共你撇了人，只为个你。　宿世冤家，百忙里方知你没前程。阿谁似你坏却才名？到如今，都因你。是你，我也没星儿恨你。

论者以孝友比蒋捷，似乎不类，他实是黄庭坚一流的作风。以上共补志两宋词人二十四家。

第五章

金元明词

　　金、元、明,这三个时代是新兴的通俗文学流行时期,是正统的古典文学衰落时期。在这时期内,许多有天才的文人,都朝着新兴的戏曲与小说去努力,去求新的创造,所以戏曲与小说的成绩斐然。其仍在文章诗词方面卖力的,大都是主张复古主张模拟的文人,他们始终不能超出前人的范围,故文章诗词的成绩均无甚可观。

　　比较起来,恐怕还是词的一方面比文章诗歌较为令人满意一点。特别是金、元二代,作词的风气虽不很浓,但他们的作品还不是一味模拟,有时竟能表现出一种特异的情调,给我们以清新的观感,这是值得注意的。

　　往下,分开来叙述。

一　金　词

宋南渡后，中原便为金所占有。金主大都是爱好中国文化的，如金主亮，世宗，章宗，都极力引用宋朝的文人去做官，他们自己都能做诗词，有时并且做得很好，如金主亮的《昭君怨》咏雪：

> 昨日樵村渔浦，今日琼川银渚。山色卷帘看，老峰峦。锦帐美人贪睡，不觉天孙剪水。惊问是杨花？是芦花？

这种词的风调，与宋词有点两样，读起来是另有意味的。

金之词人，据《中州乐府》所著录，有词人三十六位，惜其词集不皆流传，今举几个较负盛名的词人为代表。

吴激，字彦高，建州人。宋宰相栻之子。使金，留不遣，累官翰林待制。皇统初，出知深州卒。有《东山集词》一卷。宇文叔通称其"以乐府名天下"。他最有名的是一首《人月圆》宴张侍御家有感：

> 南朝千古伤心地，还唱《后庭花》。旧时王谢堂前燕子，飞向谁家？　　恍然一梦，天姿胜雪，宫鬓堆鸦。江

州司马,青衫泪湿,同是天涯。

这首词是写故国之感的,相传闻者皆为之挥涕。黄昇云:"彦高词精妙凄惋。"所作虽篇数不多,皆精微尽善,在金代怕要算是首屈一指的词人呢。

蔡松年,字伯坚,真定人。累官至丞相,加仪同三司,封卫国公。卒后加封吴国公,谥文简。有《萧闲公集》。他的词与吴激齐名,当时号为"吴蔡体"。例如《尉迟杯》:

紫云暖,恨翠雏,珠树双栖晚。小枝静院,相逢的的,风流心眼。红潮照玉碗,午香重,草绿宫罗淡。喜银屏小语,私分麝月,春心一点。　华年共有好愿,何时定?妆鬟暮雨零乱。梦似花飞,人归月冷,一夜小山幽怨。刘郎兴寻常不浅。况不似,桃花春溪远。觉情随晓马东风,病酒余香相伴。

韩玉,字温甫,北平人。擢第入翰林为应奉文字,后为凤翔府判官。有《东浦词》一卷。其词多清新可诵。例如《减字木兰花》赠歌者:

香檀素手,缓理新词来伴酒。音调凄凉,便是无情也断肠。　莫歌杨柳,记得渭城朝雨后。客路茫茫,几度东风蕙草长。

王庭筠,字子端,盖州熊岳人。大定中登第,官至翰林修撰,晚年卜居黄华山,自号黄华老人。著《黄华山人词》。其为人风流蕴藉,冠冕一时,所作词亦富于情韵,例如《诉衷情》:

夜凉清露滴梧桐,庭树又西风。薰笼旧香犹在,晓帐暖芙蓉。　云淡薄,月朦胧,小帘栊。江湖残梦,半在南楼画角中。

元好问,字裕之,太原秀容人。兴定五年进士,累官左司都事员外郎,天兴初,入翰林知制诰。金亡不仕。世称遗山先生。有《遗山集》。(一一九〇——二五七)他在金代是一位最有权威的文学家,诗名极高,词亦享盛名。例如:

点绛唇

醉里春归,绿窗犹唱留春住。问春何处?花落莺无语。渺渺余怀,漠漠烟中树。西楼暮,一帘疏雨,梦里寻春去。

元好问
——从清道光十年(1830)刊本《古圣贤像传略》

迈陂塘

　　泰和五年乙丑年岁赴试并州，道逢捕雁者云："今日获一雁，杀之矣。其脱网者悲鸣不能去，竟自投于地而死。"予因买得之，葬之汾水之上，累石为识，号曰雁丘，并作《雁丘词》。

　　问世间情是何物，直教生死相许？天南地北双飞客，老翅几回寒暑？欢乐趣，离别苦。就中更有痴儿女。君应有语。渺万里层云，千山暮雪，只影向谁去？　　横汾路，寂寞当年箫鼓，荒烟依旧平楚。招魂楚些何嗟及，山鬼暗啼风雨。天也妒，未信与，莺儿燕子俱黄土。千秋万古，为留待骚人，狂歌痛饮，来访雁丘处。

　　张炎《词源》云："遗山词深于用事，精于炼句，风流蕴藉处，不减周秦。"斯评信然。

　　此外金之词人较有名者，刘仲尹有《龙山集词》，赵可有《玉峰散人集》，刘迎有《山林长语》，党怀英有《竹溪集》，王寂有《拙轩集》，段克己有《遁庵乐府》，段成己有《菊轩乐府》，李俊民有《庄靖先生乐府》。蔡珪的词虽仅《江城子》一首，然特有风趣，兹录如下：

　　鹊声迎客到庭除，问谁与？故人车，千里归来，尘色半征裾。珍重主人留客意，奴白饭，马青刍。　　东城入眼杏千株，雪模糊，俯平湖。与子花间，随分倒金壶。归报东垣诗社友，曾念我，醉狂无？

以上所录作者，其原籍皆中原之士。道地的金人中，除诸金主外，能文者以完颜璹的成就独高。璹字子瑜，世宗之孙，越王之子。累官封密国公。自号樗轩居士。所著有《如庵小稿》。词如《青玉案》：

冻云封却驼冈云路，有谁访溪梅去。梦里疏香风暗度，觉来唯见，一窗凉月，瘦无寻处。　　明朝画笔江天暮，定向渔蓑得奇句。试问帘前深几许？儿童笑道：黄昏时候，犹是帘纤雨。

拿金词来比南宋词，金词当然较为逊色，决不能拿来和南宋的大词家相比拟。但他们作词，不像姜夔张炎辈去咬文嚼字，千锤百炼，故往往能够写出较为清新俊逸的词来。

二　元　词

有元一代，重新曲而轻旧词。相传当时以曲试士之说虽不可靠，但曲之发展，实际上已压倒了一切的文体而独霸一时。当时著名的诗家，大都是诗人，而非戏曲家。元代的诗人大部分是崇信复古与模拟的，由此即可知词的发展是绝望了。

元词之传于今，有作集可读者，尚有六十余家，可见当时词的作品在数量上仍然是很可观的。但要找出几个伟大的作家来,却很困难了。比较上可以代表元代词坛的,只有下列几位。

王恽,字仲谋,汲县人。官至翰林学士,嘉议大夫,累进中奉大夫,赠翰林学士承旨,资善大夫,追封太原郡公,谥文定。有《秋涧集词》四卷。所作以小词为佳。

平湖乐

秋风湖上水增波,水底云阴过。憔悴《湘累》莫轻和,且高歌。　凌波幽梦谁惊破,佳人望断,碧云暮合。道别后,意如何?

作者的长词,则以《春从天上来》见故宫人感赋一篇最为人所激赏。

赵孟𫖯,字子昂,宋之宗室,赐第湖州,遂为湖州人。宋末为真州司户参军。入元授

王恽

赵孟𫖯
——从清道光十年(1830)刊本《古圣贤像传略》

兵部郎中，累官翰林学士承旨，荣禄大夫，卒追封魏国公，谥文敏。（一二五四——三二二）他能诗能文，工书善画，实一多才之艺人也。词有《松雪词》一卷。

蝶 恋 花

侬是江南游冶子，乌帽青鞋，行乐东风里。落尽杨花春满地，萋萋芳草愁千里。　扶上兰舟人欲醉，日暮青山，相映双蛾翠。万顷湖光歌扇底，一声吹下相思泪。

邵复孺称孟頫的词："深得骚人风度。"

刘因，字梦吉，容城人。至元中，征授承德郎，右赞善大夫。以母疾归。卒后追封容城郡公，谥文靖。有《静修集词》一卷。

木 兰 花

未开常探花开未？又恐才开风雨至。花开风雨不相妨，为甚不来花下醉？　今年休作明年计，明日已非今日事。春风欲劝坐中人，一片落红当眼坠。

作者无心于功名富贵，朝廷屡次征召，均固辞不赴。他怀抱着现世的乐天主义，故其词亦多讴歌"浅斟低唱"之辞。

张埜，字野夫，邯郸人。有《古山乐府》二卷。他的词以长调著称，例如《水龙吟》游丝：

落花天气初晴,随风几缕来何处?飘飘冉冉,悠悠扬扬,欲留还去。雪茧新抽,青丝暗坠,檐珠轻度。看垂虹百尺,萦回不下,似欲系春光住。　　凭仗何人,收取付天孙,云绡机杼。浮踪浪迹,忍教长伴章台飞絮。惹起闲愁,织成离恨,万端千绪。望天涯尽日,柔情不断,又闲庭暮。

倪瓒,字元镇,无锡人。不仕,扁舟箬笠,往来湖泖间。自称娴瓒,亦称倪迂。善画,有《清闷阁遗稿词》一卷。他的词长于小令,例如《人月圆》:

倪　瓒
——从清道光九年(1829)长洲顾氏刊本《吴郡名贤图传赞》

惊回一枕当年梦,渔唱起南津。画屏云嶂,池塘春草,无限消魂。旧家应在,梧桐覆井,杨柳藏门。闲身空老,孤篷听雨,灯火江村。

《词苑》称倪瓒的词:"词意高洁。"

邵亨贞,字复孺,号清溪,华亭人。有《蛾术词选》四卷。他的小词颇有北宋人风味,例如:

凭栏人 题曹云西赠伎小画

谁写江南一段秋,妆点钱塘苏小楼。楼中多少愁,楚山无尽头。

浣溪沙

西子湖头三月天,半篙新涨柳如烟。十年不上断桥船。　百媚燕姬红锦瑟,五花宛马紫丝鞭,年年春色暗相牵。

张翥,字仲举,晋宁人。至正初,以荐为国子助教。累官河南行省平章政事,兼翰林学士。他长于诗,其词尤为当代众望所归,有《蜕岩乐府》三卷。

摘红英

莺声寂,鸠声急,柳烟一片梨云湿。惊人困,教人恨,待到平明,海棠应尽。　青无力,红无迹,残香剩粉那禁得?天难准,晴难稳,晚风又起,倚栏争忍?

作者以模拟姜张为能事,其长词虽为世人所称道,然多不足观。还是他的小词较富情趣,较为自然。

萨都剌,字天锡,号直斋。本答失蛮氏,雁门人。登泰定进士,官京口录事,终河北廉访司经历。有《雁门集》。他的小词和长调都写得好,才气远在张翥之上。

小阑干

去年人在凤凰池,银烛夜弹丝。沉水香消,梨云梦暖,深院绣帘垂。

今年冷落江南夜,心事有谁知?杨柳风柔,海棠月淡,独自倚阑时。

满江红 金陵怀古

六代豪华春去也,更无消息。空怅望山川形胜,已非畴昔。王谢堂前双燕子,乌衣巷口曾相识。听夜深寂寞打孤城,春潮急。　　思往事,愁如织;怀故国,空陈迹。但荒烟衰草,乱鸦斜日。《玉树》歌残秋露冷,胭脂井坏寒螀泣。到如今,只有蒋山青,秦淮碧。

萨都剌
——从清道光十年(1830)刊本《古圣贤像传略》

百字令 登石头城

石头城上,望天低,吴楚眼空无物。指点六朝形胜地,惟有青山如壁。蔽日旌旗,连云樯橹,白骨纷如雪。大江南北,消磨多少豪杰!　　寂寞避暑离宫,东风辇路,芳草年年发。落日无人松径里,鬼火高低明灭。歌舞尊前,繁华镜里暗换青青发。伤心千古,秦淮一片明月。

《词苑》云:"天锡《小阑干》词,笔情何减宋人。其石头城怀古词尤多感慨!"在元代的词人中,萨都剌怕要算是最值得珍贵了的吧。

此外之元词人,尚有程钜夫,仇远,刘秉忠,詹玉,萧允之,曾允元,虞集,赵雍,张雨等,但其作品皆无甚特色可供叙述了。

三 明 词

明代韵文,擅长南曲,词坛与诗坛一样的没有生气,许多词人都是高标着"北宋"或"晚唐五代"的旗帜,徒然抄袭古人,不能自出新意,故没有什么好成绩表现出来。在三百年的明代词坛中,我们只能举出下列的几家,是读者较为满意的。

刘基,字伯温,青田人。元进士。入明官至御史中丞,封诚意伯,谥文成。(一三一一——一三七五)其诗文均有名,词亦为一代泰斗。所

刘基
——从清乾隆八年(1743)刊本《晚笑堂竹庄画传》

作词附于《诚意刘文公集》。

千秋岁

淡烟平楚,又送王孙去。花有泪,莺无语。芭蕉心一寸,杨柳丝千缕,今夜雨,定化作相思树。　　忆昔欢游处,触目成千古。良会远,知何许?百杯桑落酒,三叠《阳关》句。情未已,月明潮上迷津渚。

王世贞称刘基词"秾纤有致",诚为不诬之语。

高启,字季迪,长洲人,隐吴淞江之青丘,自号青丘子。洪武初,召入纂修元史,授编修,擢户部侍郎。(一三三六——一三七四)有《扣舷词》一卷。

行香子 芙蓉

如此红妆,不见春光,向菊前莲后才芳。雁来时节,寒浥罗裳。正一番风,一番雨,一番霜。　　兰舟不采。寂寞横塘。强相依,暮柳成行。湘江路远,吴苑池荒,恨月蒙蒙,人杳杳,水茫茫。

高 启
——从清道光九年(1829)长洲顾氏刊本《吴郡名贤图传赞》

论者称高启的词:"大致以疏旷见长。"

杨基,字孟载,嘉州人。洪武初,知荥阳县,历山西按察副使。有《眉庵词》。

多 丽

问莺花,晚来何事萧索?是东风,酿成新雨,参差吹满楼阁。辟寒金,再簪宝髻,灵犀镇,重护香幄。杏惜生红,桃缄浅碧,向人憔悴未舒萼。念惟有淡黄杨柳,摇曳映珠箔。凭阑久,春鸿去尽,锦字谁托? 奈梦里,清歌妙舞,觉来偏更情恶。听高楼,数声羌笛,管多少梅花惊落。鸳带慵宽,凤鞋懒绣,新晴谁与共行乐?料应在楚云湘水,深处望黄鹤。天涯路,计程难定,长恁飘泊。

杨 慎
——从清道光十年(1830)刊本《古圣贤像传略》

作者诗名,次于高启,而词名则过之。论者称其"饶有新致"。

杨慎,字用修,新都人。正德六年赐进士第一,授修撰,嘉靖甲申两上议大礼疏,廷杖谪戍云南永昌卫,卒于戍所。(一四八八—一五五九)他生平以博学著称。有《升庵词》二卷。

转应曲

银烛银烛，锦帐罗帏影独。离人无语消魂，细雨斜风掩门。门掩，门掩，数尽寒城漏点。

昭君怨

楼外东风到早，染得柳条黄了。低拂玉栏干，怯春寒。正是困人时候，午睡浓于中酒。好梦是谁惊？一声莺。

王世贞云："用修所辑《百琲真珠》《词林万选》，可谓词家功臣。其词好用六朝丽字，似近而远。然而其妙绝处亦不可及。"

施绍莘，字子野，青浦人。他的生平不详。有《花影集》行世。其小词颇多佳作。

浣溪沙

半是花声半雨声，夜分淅沥打窗棂，薄衾单枕一人听。密约不明浑梦境，佳期多半待来生，凄凉情况是孤灯。

谒金门

春欲去，如梦一庭空絮。墙里秋千人笑语，花飞撩乱处。　无计可留春住，只有断肠诗句。万种消魂多寄与，斜阳天外树。

陈子龙
——从清道光十年（1830）刊本《古圣贤像传略》

相传施绍莘最爱张先的词，因先词有"云破月来花弄影"之句，故所作亦题《花影集》。其小词虽不能比拟张先，在明代要为一能手也。

陈子龙，字卧子，青浦人。崇祯中进士，官兵科给事中，进兵部侍郎，明亡殉难。谥忠裕。（一六〇八—一六四七）他是明末的大词人，有《湘真阁江蓠槛词》二卷。

江 城 子

一帘病枕五更钟，晓云空，卷残红。无情春色去矣几时逢？添我千行清泪也，留不住，苦匆匆。　楚宫吴苑草茸茸，恋芳丛，绕游蜂。料得来年相见画屏中。人自伤心花自笑；凭燕子，骂东风。

蝶 恋 花

雨外黄昏花外晓，催得流年，有恨何时了？燕子乍来春又老，乱红相对愁眉扫。　乍梦阑珊归梦杳，醒后思量，踏遍闲庭草。几度东风人意恼，深深院落芳心小。

王士祯称作者的词："神韵天然，风味不尽。晚年所作，寄意更绵邈凄恻。"不错，在明代词人中，陈子龙确是值得特别珍视的。

沈谦，字去矜，仁和人。明末诸生，与丁澎等称"西泠十子"。有《东江词》二卷。所作什九为言情之作。例如《苏幕遮》闺情：

门外秋声不绝，簌簌空阶吹彻。寒枝影乱鸦啼歇，满院清霜斜月。　和风带雨难分别，还凄切。绮窗敲处灯明灭，梦醒三更时节。

燕声娇，花影醉，日过窗西，犹自厌厌睡。一线情丝常似醉。九十春光，半拥鸳鸯被。　靥销红，眉敛翠，便到沉身，总是多情泪。说与东风都不会。镜子裙儿，晓得人憔悴。

邵梅芳，字景悦，青浦人。贡生。他在当代不是有名的文人。所作小词多可诵者，例如《秋蕊香》落叶：

除上述诸家外，明词人之较著名者尚有王世懋，王世贞，谢应孝，聂大年，顾潜，韩邦奇，文徵明，吴子孝，马洪，汤传楹，韩洽，夏完淳，张草等，皆有词集流传。此外，我们还要推荐两位有名的女词人。

沈宜修，字宛君，吴江人。叶绍袁室。与其夫偕隐汾湖，

刻意于诗词。有《鹂吹集》。所作绰约风华,为世所称。例如《浣溪纱》:

淡薄轻阴拾翠天,细腰柔似柳飞绵,吹箫闲向画屏前。诗句半缘芳草断,鸟啼多为杏花残,夜寒红露湿秋千。

叶小鸾,字琼章,宜修之女。相传她十岁即能韵语,未婚而殁。遗集名《返生香》。所作词风格甚高,似不食人间烟火语。今举其《谒金门》为例:

叶小鸾
——从《古今贤女绣像》

情脉脉,帘卷西风争入。漫倚危楼窥远色,晚山留落日。　芳树重重凝碧,影浸澄波欲湿。人向暮烟深处忆,绣裙愁独立。

明代妇女,颇多以词著名者。沈叶二氏以外,尚有杨慎妻黄氏、端淑卿、王凤娴、徐媛、张鸿迷、项兰贞、商景兰、叶纨纨、沈静专、申蕙、张娴倩等,皆以词传称。

第六章 清　词

清代号称词的复兴时期。

就数量的发展一点说，清词不但超过明代，超过金元，而且超过两宋。清代的词人之多，真是我们所意想不到的。王昶的《清词综》编到嘉庆初年止，王绍成的《清词综二编》编到道光时止，黄燮清的《清词综续编》编到同治末年止，丁绍仪的《清词综补编》编到清亡为止。单此四书，共录词家三千余人，合宋、金、元、明四朝，尚无此盛！

可是，词的时代已经过去了。词兴于中唐，经过晚唐，五代，北宋，至于南宋之末，已经有五百年的光荣的历史，已经发展得淋漓尽致，无美不备了。本来词体是很狭隘的，至此发展已尽，无可再进，故至元明，聪明的作者都遁而经营别种新兴的文体，词乃一蹶不振。虽有少数文人，极力去撑持词的门面，想把词坛振作起来，结果皆徒劳无功，我们试读上面一章的金、元、明词，便知道词坛是寂寞不堪了。这三朝的词人虽偶有佳作，然皆破碎不足以名家。要找一个像宋代的第一流名词家，已不可复得了。

词至清代，无论小词或长词，无论婉约的词或豪放的词，无论白话的词或典雅的词，都已早有了极好的成绩，琳琅满目，美不胜收，摆在清人的面前。清人既不能在词体里别开新生面，无路可走；同时又看着许多前人留下了很多而且很好的成绩在那里，作为范本，便自然而然的开起倒车来，堕入模拟的圈套里去了。我们读清人词，虽表现了一部分的成绩，产生了几个伟大的词人，但大多数的清词家，不是模拟南宋，便是模拟北宋，有的拟五代，也有的拟晚唐。总之，无论他们怎样跳来跳去，总不曾跳出古人的圈套，清人的词，因此便堕落了，走上古典主义的死路去了。

所以说，清词的复兴，只是造成词坛的热闹，在数量上增加若干倍的词人和作品，不像元明的寂寞罢了。若谓恢复了词的实质上的黄金时代，实是荒谬之言。

清词的变迁，依我的见解，可以分为下列四列阶段：（一）清初词；（二）浙派词；（三）常州派词；（四）清末词。往下便依此次序来叙述。

一 清初词

清初百年的文坛，诞生了许多富有才气的文人。仅就词的一方面说，这百年也要算是清代最光荣的时期。此时的词家，虽未能离开模拟而肆力创造，但尚未为一种严格的派别主张所限制,除了少数的古典词人外,他们大都能比较自由的去做各人的词,因此,往往能够写出很好的作品来。

吴伟业与王士禛是清初两大名诗人,他俩的小词也异曲同工,为清初之双璧。伟业字骏公,号梅村,太仓人,明末崇祯进士,入清,官国子监祭酒。(一六〇九—一六七二)有《梅村词》二卷。其词如:

吴伟业

如梦令

镇日莺愁燕懒,遍地落红谁管?睡起爇沉香,小饮碧螺春碗。帘卷,帘卷,任柳丝风软。

浣溪沙

断颊微红眼半醒,背人蓦地下阶行,摘花高处赌身轻。　细拨薰炉香缭绕,懒涂吟纸墨欹倾,惯猜闲事为聪明。

纪昀《四库提要》称伟业词"韵协宫商,感均顽艳",而比之于柳永秦观。王士禛则称其"流丽稳贴",而比之于辛弃疾。实则作者之词风固接近《花间》一派也。

第六章　清词／215

王士祯，字贻上，号阮亭，山东新城人，顺治十八年进士，官至刑部尚书，卒谥文简。（一六三四——一七一一）其诗为一代之宗，词名遂为所掩，然《衍波词》一卷，价值固甚高贵也。例如：

忆江南

江南好，画舫听吴歌。万树垂杨青似黛，一湾春水碧于罗，懊恼是横波。

点绛唇 春词

水满春塘，柳绵又蘸黄金缕。燕儿来去，阵阵梨花雨。　　情似黄丝，历乱难成绪。凝眸处，白蘋红树，不见西洲路。

彭孙遹《词藻》称："《衍波词》体备唐宋，美非一族。"邹祗谟《远志斋词衷》亦谓："《衍波词》小令，极哀艳之深情，穷倩盼之逸趣。"作者盖亦一绮艳之小词家也。

明末的词人与吴伟业同时入清者，尚有龚鼎孳、李雯、曹溶、宋徵璧诸家，他们的作品均能开一代的风气，而独备一格。其继起而与王士祯前后同时者，则有纳兰性德、曹贞吉、吴绮、顾贞观、陈维崧、朱彝尊、彭孙遹诸名词家。就中以朱彝尊的词名最盛，而以纳兰性德的词境最高。

纳兰性德本名成德，字容若，其祖先原居叶赫地，为正白旗人。十七岁补诸生贡入大学，授三等侍卫，旋进一等侍卫，颇得康熙之隆遇。所交均当代才人。可惜天不予年，卒时仅三十一岁（一六五五——一六八五）。著《饮水词》三卷。

性德在清词人中为别树一帜者，其所作词不甚依音律，不重视模拟，不喜用古典，而以俚语写自己情思，纯发乎天籁，语意浑然，像这样的词家，宋以后一人而已。

纳兰性德

忆江南

昏鸦尽，小立恨因谁？急雪乍翻香阁絮，轻风吹到胆瓶梅。心字已成灰！

长相思

山一程，水一程，身向榆关那畔行。夜深千帐灯。
风一更，雪一更，聒碎乡心梦不成。故园无此声。

采桑子

而今才道当时错，心绪凄迷，红泪偷垂，满眼春风百事非。　情知别后来无计，强说欢期。一别如斯，落尽梨花月又西。

太常引 自题小照

晚来风起撼花铃,人在碧山亭。愁里不堪听,那更杂泉声雨声。　　无凭踪迹,无聊心绪,谁说与多情?梦也不分明,又何必催教梦醒!

性德本贵公子,身世美满,而所作多凄惋令人不能卒读,殆所谓天生的殉情主义者欤。陈维崧称其词:"哀感顽艳,得南唐二主之遗。"况周颐亦谓:"容若为国初第一词人,其词纯任性灵,纤尘不染。"此皆深能赏鉴性德词者之忠实批评也。

《珂雪词》书影(清刻本)

曹贞吉,字升六,号实庵,安丘人。官至礼部员外郎。有《珂雪词》二卷。所作不为闺襜靡曼之音,而以气韵见长。吴绮字园次,江都人。官至湖州府知府。有《艺香词》一卷。他的词和平雅丽,佚宕风流,论者称为一时才士。顾贞观字华峰,号梁汾,无锡人。官至国史院典籍。有《弹指词》三卷。他与纳兰性德交谊甚笃,所作词多至情流露语,其寄吴汉槎之《金缕曲》二首最有名,今举其《真珠帘》词为例:

樱桃宴罢人归后,正烟笼澹月,疏窗如昼。红药阑边,当日亲携素手。睡起微闻花叹息,剩一缕,相思谁剖?依旧,对漂香泊粉,几枝春瘦。　　别久,心期轻负。为深怜痛惜,越添僝愁。十载绮罗情,付昨宵残酒。谁道酒醒都是恨,只剗地晓风杨柳。知否?古今来,一例断肠回首。

陈维崧与朱彝尊齐名于清初词坛,然二家作风绝不相同。朱彝尊为浙派词人的领袖,容待下节叙述。维崧字其年,宜兴人。康熙十八年举博学鸿词科,授翰林院检讨。(一六二五——一六八二)他创作甚丰,所著《迦陵词》至三十卷之多。长调最为他所擅长,小词亦往往隽美可喜,盖亦轶世之才也。

风 入 松

星移帆影月移沙,秋思谁家?别时不敢分明语,蹙春山,暗损年华。又是中秋时候,西风几阵归鸦。　　相思难遣梦交加,水阔山斜。尊前常恨天涯远,况如今,真个天涯。更道重来应未,待伊

陈维崧

归向窗纱。

庆春泽 春影

已近花期，未过春社，小楼尽日沉沉。暝色连朝，江南倦客难禁。门前绿水昏如梦，粉云遮，失却遥岑。恁湔裙，不到溪边，佳约空寻。　　年时恰是莺花候，正黄归柳靥，红入桃心。舞扇歌衫，参差十里园林。东风吹织丝丝满，做半寒半暖光阴。问何时日上花梢，细弄鸣禽？

在清代的词人中，维崧实独具风格者，所作虽不免有粗率处，而波澜壮阔，气象万千，识者尊为清初巨擘，盖以其具有苏辛之豪壮精神云。

彭孙遹亦清初名词人之一。字骏孙，号羡门，海盐人。官至吏部侍郎。（一六三一——一七〇〇）有《延露词》三卷。所作多绮语，小词最佳，论者至称为"不减南唐风格"。例如《生查子》：

薄醉不成眠，转觉春寒重。枕席有谁同，夜夜和愁共。梦好恰如真，事往翻如梦。起立悄无言，残月生西弄。

在人才济济的清初词坛中，上述诸家自是最值得称道的，此外，则多是被束缚于格律的第二流以下的作家了。

二 浙派词

所谓浙派词,是以南宋词人姜夔、张炎来相标榜的浙中的词派。这派词的倡导者是曹溶。他看着当时人作词,多以明人为法,痛心词学失传,乃搜辑遗集,求之于宋,崇尔雅,斥淫哇,后来乃形成"浙西填词者,家白石而户玉田"的风气。

至朱彝尊起,力倡曹溶之说,乃造成浙派词的坚固势力。彝尊字锡鬯,号竹垞,自号小长芦钓师,秀水人。康熙十八年以布衣召试,举鸿博,授翰林院检讨。(一六二九—一七〇九)生平著述甚富,词有《江湖载酒集》三卷,《静志居琴趣》一卷,《茶烟阁体物集》二卷,《蕃锦集》一卷。我们要了解他的词,必须先看他对于词的主张。他曾经说过"词至南宋始工",在他一首自题词集的《解佩令》,更把他对于词的宗尚说得很清楚:

朱彝尊
——从清道光九年(1829)长洲顾氏刊本《吴郡名贤图传赞》

十年磨剑，五陵结客，把生平涕泪都飘尽。老去填词，一半是空中传恨。几曾围燕钗蝉鬓。　不师秦七，不师黄九，倚新声玉田差近。落拓江湖，且分付歌筵红粉。料封侯白头无分。

由此即可见朱彝尊是在热烈崇拜张炎之下而从事填词的，是纯粹的姜张派词人。其词的格律很严整，字句很雅丽，要算是一位古典主义的健将。其词如：

桂殿秋

思往事，渡江干，青娥低映越山看。共眠一舸听秋雨，小簟轻衾各自寒。

忆少年

一钩斜月，一声新雁，一庭秋露。黄花初放了，小金铃无数。　燕子已辞秋社去，剩香泥旧时帘户。重阳将近也，又满城风雨。

高阳台

吴江叶元礼少日，过流虹桥，有女子在楼上见而慕之，竟至病死。气方绝，适元礼复过其门，女之母以女临终之言告，叶入哭，女目始瞑。友人为作传，余纪以词。

桥影流虹，湖光映雪，翠帘不卷春深。一寸横波，断肠人在楼阴。游丝不系羊车住，倩何人，传语青禽。

最难禁,倚遍雕阑,梦遍罗衾。　　重来已是朝云散,怅明珠佩冷,紫玉烟沉。前度桃花,依然开遍江浔。钟情怕到相思路,盼长堤,草尽红心。动愁吟。碧落黄泉,两处谁寻?

作者的小词每能自出机杼,誉之者至称其能"复振五代北宋之绪"。其长调则完全张炎化了。杜紫纶云:"竹垞词神明乎姜史,刻削隽永,本朝作者虽多,莫有过焉者。"在清代词人中,说朱彝尊是南宋姜史张一派的巨擘,自无异议。但我们却正嫌他为姜张所陷,不能自拔,未能充分发展其天才。他的作集以《静志居琴趣》一卷为最佳。

龚翔麟刻《浙西六家词》,录朱彝尊,李良年,李符,沈皞日,沈岸登及其本人作集,于是"浙派"二字,乃变成一个鲜明的词派,风气所播,词坛翕然,浙派词乃在清之中叶大盛起来。

继朱彝尊而起的浙派词人,有厉鹗,郭麐,项鸿祚三大健将。

厉鹗,字太鸿,钱塘人。康熙举人,乾隆元年举博学鸿词。(一六九二——一七五二)

厉 鹗

著有《樊榭山房词》二卷,续集一卷。他的词要算浙派中的白眉,极为世所称道。例如:

眼儿媚

一寸横波惹春留,何止最宜秋?妆残粉薄,矜严消尽,只有温柔。　当时底事匆匆去?悔不载扁舟。分明记得,吹花小径,听雨高楼。

百字令　丁酉清明

春光老去,恨年年心事,春能拘管。永日空园双燕语,折尽柳条长短。白眼看天,青袍似草,最觉当歌懒。惜惜门巷,落花早又吹满。　凝想烟月当时,饧箫旧事,惯逐嬉春伴。一自笑桃人去后,几叶碧云深浅。乱掷榆钱,细垂桐乳,尚惹游丝转。望中何处?那堪天远山远!

论者称厉鹗词清真雅正,超然神解。然其一生作词,苦为玉田所累,未能独创一格,实属可惜。

郭麐,字祥伯,号频伽,吴江人,侨居嘉善。终身为诸生。(一七六七—一八三一)著《灵芬馆词》。他是嘉庆时代及道光初年浙派词人中之最负盛名者,词如:

台城路　游舒氏园作

薄阴不散霜飞早,园林深贮秋意。水木清苍,陂陀高下，澹与暮云无际。红泥亭子，占一角孤城，七分烟水。最爱疏疏，竹竿万个滴寒翠。　　年来俊侣都散，便登山临水，口怃蕉萃。倦柳攀条，清流照鬓，暗老悲秋身世。荒寒如此，又画角声中，夕阳垂地。树树西风，暮鸦寒不起。

浙派至郭麐，作风为之一变，所作以"清疏"见长，然其弊则流于"滑薄"，盖已是浙派的强弩之末了。

项鸿祚是浙派的后劲。原名继章，字莲生，钱塘人。道光时举人。（一七九八—一八三五）著《忆云词》甲乙丙丁稿。他本是富家子，而其词幽艳哀怨，如不胜情，殆亦纳兰性德一流之天生殉情少年也。故年亦不永。其词如：

清 平 乐 池上纳凉

水天清话，院静人消夏。蜡炬风摇帘不下，竹影半墙如画。　　醉来扶上桃笙，熟罗扇子凉轻。一霎荷塘过雨，明朝便是秋声。

水 龙 吟 秋声

西风已是难听，如何又著芭蕉雨。泠泠暗起，渐渐渐紧，萧萧忽住。候馆疏砧，高城断鼓，和成凄楚。想亭皋木落，洞庭波远，浑不见，愁来处。　　此际频惊倦旅，夜初长，归程梦阻。砌蛩自叹，边鸿自唳，剪灯谁语？莫便伤心，可怜秋到，无声更苦。满寒江剩有，黄芦万顷，卷离魂去。

谭献称云："莲生古之伤心人也。激气肠回，一波三折。有白石之幽涩而去其俗，有玉田之秀折而无其率，有梦窗之深细而化其滞，殆欲前无古人。"鸿祚的词虽不必尽如谭氏所奖饰，然在浙派中，总算是没有为姜张所束缚，而能自出机杼的作家了。

有吴藻女士者，字蘋香，亦浙之仁和人。嫁同邑黄某为室。晚年寡居钱塘，生活清苦。著有《花帘词》及《香南雪北词》，颇受厉鹗之影响，而以温婉之女性风度出之，趣味为之一新。

如梦令

燕子未随春去，飞到绣帘深处。软语话多时，莫是要和侬住？延伫，延伫，含笑回他：不许！

虞美人

晓窗睡起帘初卷，入指寒如剪。一宵疏雨一宵风，无数海棠瘦得可怜红！　　分明人也因花病，几度慵拈镜。日高犹自不梳头，只听喃喃燕子话春愁。

她是道光年间的作者，当时词誉遍大江南北，为清代女词家中第一人。

自此以后，我们便再找不出矜贵的浙派词人来了。

三　常州派词

当浙派词发展至乾嘉两代的时候，突然遇有一个重大的攻击，就是产生了一个对它取敌视态度的常州派。

本来浙派到了郭麐的时期，作者的才气已远不如朱厉等大词人，模拟也不见功夫。不但翻不出什么新花样，而且愈趋愈下了。这时便有常州系的词人张惠言，张琦，周济等起来纠正浙派的错误，他们热烈的攻击南宋的姜张，而改宗北宋。张惠言，张琦的《词选》与《续词选》，其编辑之旨，以"深美闳约"为主，盖即尊北宋的周邦彦，而薄南宋姜张之意。至周济则明白鄙视姜张，他说：

> 近人颇知北宋之妙，然终不免有姜张二字，横亘胸中，岂知姜张在南宋，亦非巨擘乎？论词之人，叔夏晚出，既与碧山同时，又与梦窗别派，是以过尊白石，但主清空。后人不能细研词中曲折深浅之故，群聚而和之，并为一谈，亦固其所也。

常州派的词宗尚北宋，虽依然未脱模拟藩篱，但不过事雕琢，不专注于绮藻韵致，已经比浙派解放多了。然常州派的几个领袖词人，都是学力很深，而才力较短，批评眼光极高，而创作能力稍弱,故其作品,亦未能有超越的成绩。

张惠言,字皋文,阳湖人。嘉庆中,以进士官编修卒。(一七六一——一八〇二)著有《茗柯词》。

木兰花慢 杨花

尽飘零尽了,谁人解,当花看。正风避重帘,雨回深幕,云护轻幡。寻他一春伴侣,只断红,相识夕阳间。未忍无声坠地,将低重又飞还。

疏狂情性算凄凉,耐得到春阑。但月地和梅,花天伴雪,合称清寒。收将十分春恨,做一天,愁影绕云山。看取青青池畔,泪痕点点凝斑。

张惠言书法

又 游丝

是春魂一缕,销不尽,又轻飞。看曲曲回肠,愁侬未了,又待怜伊。东风几回暗剪,尽缠绵,未忍断相思。除有沉烟细袅,闲来情绪还知。　家山何处栖迟,春容易,到天涯。但牵得春来,何曾系住,依旧春归。残红更无消息,便从今,休要上花枝。待祝梁间燕子,衔他深度帘丝。

谭献称惠言之作"胸襟学问,酝酿喷薄而出",谓为学人之词。不错,他们这一派的词家,都是带着几分学者气来写词的。

张琦,字翰风,惠言之弟。有《立山词》。所作颇有思力,然较乃兄则不免略逊一筹。

周济,字保绪,一字介存,晚号止庵,荆溪人。官淮安府教授。有《味隽斋词》。论者称其所作"缠绵婉约"。

垂　杨　立冬前七日闻蝉和叔安

秋怀渐远,听苍黄病柳,一声凄婉。曳入西风,可应还似秋前满。分明凝绝重低转,替人说,嫩凉池馆。被连番,青女无情,把露华偷剪。　　知否吟蛩乍缓,便户下床头,不成浓暖。漫立高枝,夕阳偏向疏林展。谁留鬓影谁纨扇?但赢得,琴丝题怨。宵来霜月孤行,魂易断。

关于张惠言领导之常州派词人,较为知名者尚有恽敬、钱季重、黄景仁、左辅、李兆洛、丁履恒、陆继辂、金应城、金式玉、郑善长等,皆为一时作家。其中最负盛名者,则惟黄景仁。

黄景仁,字仲则,武进人。贡生,议叙州判,未仕卒。(一七四九——一七八三)年仅三十五岁。他本是当代的名诗人,词亦隽妙。著有《竹眠词》二卷。

点 丝 唇 春宵

宿酒初醒,闲情似水和肠软。细雨三更,帘外春阴卷。　一树梅花,落向闲庭院,无人管,冷风过处,点点春愁糁。

摸 鱼 子 归鸦

倚柴门,晚天无际,昏鸦归影如织。分明小幅倪迂画,点上米家颠墨。看不得带一片斜阳,万古伤心色。暮寒萧淅,似卷得风来,还兼雨过,催送小楼黑。　曾相识,谁傍朱门贵宅?上林谁更栖息?几丛枯木惊霜重,我是归飞倦翮。飞暂歇,却好趁渔船小坐秋帆侧。旧巢应忆,笑画角声中,暝烟堆里,多少未归客!

就词而论,景仁的词比张惠言周济一般人高明多了。

当常州派词盛行之际,最值得我们注意的大词人有蒋春霖。他字鹿潭,江阴人。曾任两淮盐运大使。(一八一八——一八六八)就乡里说,他本应列入常州派,但就词风而论,却绝不是常州所牢笼着的词人,而有点倾向浙派。他是一位富有才气,能够不依傍门户,不受拘束,而自具境地的作家。故严格说来,一定要列他为那一派是很困难的。其所著《水云楼词》,多发抒感慨,描写极深刻,论者至称为"词史"。

踏 莎 行 癸丑三月赋

叠砌苔深，遮窗松密，无人小院纤尘隔。斜阳双燕欲归来，卷帘错放杨花入。　蝶怨香迟，莺嫌语涩，老红吹尽春无力。东风一夜转平芜，可怜愁满江南北。

木兰花慢 江行晚过北固山

泊秦淮雨霁，又灯火，送归船。正树拥云昏，星垂野阔，暝色浮天。芦边，夜潮骤起，晕波心，月影荡江圆。梦醒谁歌楚些，泠泠霜激哀弦。　婵娟，不语对愁眠，往事恨难捐。看莽莽南徐，苍苍北固，如此山川。钩连，更无铁锁，任排空，樯橹自回旋。寂寞鱼龙睡稳，伤心付与秋烟！

扬州慢

癸丑十一月二十七日贼趋京口，报官军收扬州。

野幕巢乌，旗门噪鹊，谯楼吹断笳声。过沧桑一霎，又旧日芜城。怕双雁，归来恨晚，斜阳颓阁，不忍重登。但红桥风雨，梅花开落空营。　劫灰到处，便遗民，见惯都惊。问障扇遮尘，围棋赌墅，可奈苍生！月黑流莺何处？西风黯，鬼火星星。更伤心南望，隔江无限峰青。

谭献称春霖词云："《水云楼词》固清商变徵之声，而流别甚正，家数颇大。与成容若项莲生二百年中分鼎三足。咸丰兵事，天挺此才，为倚声家杜老。"又说："阮亭葆酚一流为才人之词，宛邻止庵一派为学人之词，惟三家是词人之词，与朱厉同工异曲，其他则旁流羽翼而已。"这两段话都说得好。有清一代的词坛，此数语已完全道着。

四　清末词

咸同之际，词已疲敝堕落，虽有一二名作家，亦无法挽回此颓运。当时较为知名之词人，如周之琦有《金梁梦月词》、庄棫有《蒿庵词》、黄燮清有《倚晴楼词》、陈元鼎有《同梦楼词》及《吹月词》，戈载则著《翠薇花馆词》至三十九卷之多，均无可取。至于清末，号称名词家如谭献、王鹏运、况周颐、朱祖谋、郑文焯、冯煦等，虽对于词学研究精深，然其陷溺也愈深。他们对于词的贡献，只在于校刻词集和批评古词两方面。至于创作，则他们只知道不厌烦地去讲究"词法"和"词律"，以竞模古人为能事，故结果，他们的词除了表现一点文字的技巧外，全不能表现一点创造精神，全不能表现作者的个性和情感，只造成一些词匠。此外，号称才子的词人，如易顺鼎、程颂万、樊增祥等，其所作亦不足观。于是词便跟清代之衰亡而衰亡了。